KAMIKAZE DE L'ESPÉRANCE

Paru dans Le Livre de Poche :

AVEC MON AUBE ET MES SANTIAGS

AVENTURIER DE L'AMOUR

DEALER D'AMOUR

DES JEUNES Y ENTRENT, DES FAUVES EN SORTENT

DES LOUPS DANS LA BERGERIE

DIEU MON PREMIER AMOUR

L'ESPÉRANCE AUX MAINS NUES

MA RELIGION, C'EST L'AMOUR

PASSEURS DE L'IMPOSSIBLE

LA RUE EST MON ÉGLISE

UN PRÊTRE CHEZ LES LOUBARDS

GUY GILBERT

Kamikaze de l'Espérance

STOCK

Préface

Les kamikazes du 11 septembre 2001 restent dans nos mémoires.

L'horreur de leur geste nous pétrifie encore.

Il ne faut pas qu'ils gagnent. Le crime sans nom qu'ils ont commis doit nous mettre en marche.

En effet, il y a les kamikazes de l'amour humain : les héros et les saints innombrables, chrétiens, musulmans, juifs, bouddhistes, athées ou agnostiques, qui sont allés jusqu'à donner leur vie pour témoigner de leur amour inconditionnel de la vie, de toute vie.

Il y a les kamikazes de la solidarité refusant, par exemple, une mondialisation qui ne fait la part belle qu'aux nantis.

Il y a les kamikazes de l'écologie qui se battent, bec et ongles, pour défendre toute bestiole, de l'abeille à l'éléphant.

Il y a aussi les combattants croyants qui refusent qu'on s'envoie à la gueule nos livres saints en cherchant tout ce qui nous unit et non ce qui nous sépare.

Il y a d'innombrables lutteurs pour défendre d'innombrables causes essentielles pour la survie de l'humanité.

Je veux être un kamikaze de l'Espérance. Quand un juge me confie un adolescent détruit, disloqué, refusé de tous les centres et qu'il me dit : « Je vous ai demandé, jusqu'à ce jour, l'impossible pour les jeunes que je vous ai confiés. Je vous demanderai, mon père, cette fois-ci un peu plus », je dis « oui » tout de suite.

Parce que je crois à l'Espérance kamikaze pour tout humain, le pire soit-il.

Parce que je crois que Dieu Amour me donnera cette force invincible, sans laquelle j'aurais depuis longtemps baissé les bras.

Il ne suffit pas de dénoncer par des paroles les carences d'un État ou des êtres humains. Il faut annoncer par des actes que l'Espérance peut toujours gagner.

C'est l'objet de ces lignes. Je les dédie à tous les kamikazes du monde. De tout poil. De toute race. De toute religion. De toute culture.

Puissent-ils se reconnaître dans ces mots inspirés par un combat sans répit.

PREMIÈRE PARTIE

Citoyens, en marche !

Jacques et Lionel

Ah ! Cette main de Lionel posée amicalement sur l'épaule de Jacques. Ce moment unique m'avait fait rêver.

L'image obsédante de nos deux chefs quand ils étaient rivaux envahissait nos yeux et remplissait nos oreilles de citoyens. Impossible de ne pas voir nos leaders de face, de trois quarts, de loin, zoomés. Et de ne pas les entendre sans cesse.

Ils ont rarement le pouvoir d'être. Ils sont condamnés, semble-t-il, à paraître, et dans le moindre détail. Leur vocation d'hommes voués à la chose publique serait-elle liée à ce qu'on peut déchiffrer et juger d'eux, à leur seule apparence ? Rien de plus terrible que de mêler sans cesse la personnalité à la fonction. Seule, l'humilité sauvera l'être qui subit cette démesure.

Je pense souvent à leur lassitude, leurs angoisses, leurs incertitudes. Au fond, leur pauvreté est immense et leur solitude aussi.

Hommes aux aguets, dévorés par leur devoir de représentation, comment peuvent-ils vivre pleinement ce qu'ils sont au plus profond d'eux-mêmes ? Ils doivent biffer maints désirs, maints gestes, maintes phrases. Leurs conseillers sont là pour tempérer, effacer, raturer le plus anodin de leurs propos.

L'échéance des élections présidentielles ne fait qu'accentuer la pression qu'ils subissent au quotidien.

On veut deux gladiateurs face à face. Telle est l'arène politique. Tous les coups sont permis. Du plus vicieux au plus putride. Les lieutenants s'en chargeront. Eux, les leaders impériaux, tenteront de nous convaincre qu'ils sont les meilleurs.

Nous les entendons parler bilans, chiffres, chômage et insécurité, à l'infini... jusqu'à l'overdose.

On comprend un peu, beaucoup, passionnément, pas du tout. « Tous pourris », disent plusieurs voix.

Et si l'un des deux chefs décidait soudain de dire à l'autre : « Là, t'as fait fort. J'approuve. Bravo ! » l'autre, désarmé, ne pourrait que faire preuve d'humilité en affirmant : « Mais toi, là, tu es le meilleur ! »

On peut rêver... Cette main affectueuse de Lionel sur l'épaule de Jacques, même si elle était de façade, peut nous faire entrevoir que la politique n'est pas que « politicienne », batailles sordides, calculs cyniques et coups bas à répétition.

Notre bien à tous, c'est d'abord de vivre en paix, avec sa famille, ses voisins, sa communauté de travail, sa commune, son pays. Nos chefs, malgré leurs différences, ne devraient que vouloir ce bien-là. Mais leurs déchirures étalées quotidiennement dans les médias nous donnent la nausée. Pire, nous déchirent.

« Paix » est le seul mot qui rassemble, le seul nom dans l'urne qui puisse nous unir. Que sans cesse surgissent des jeunes pour une relève « autrement » de la politique. « C'est une des tâches les plus nobles qui soient », a dit maintes fois Jean-Paul II.

Nécessaires sont les politiciens. Seul le bien du peuple doit leur vriller le cœur. Quant à nous, arrêtons de les suspecter, vilipender, mépriser. Notre mépris de la chose publique va de pair avec nos demandes exacerbées et contradictoires adressées aux politiques de tout poil. Et méditons cette phrase superbe de J. F. Kennedy : « Avant de demander tout à ton pays, que lui apportes-tu pour qu'il soit meilleur ? » Phrase que le peuple américain a ressentie comme un électrochoc et qui l'a mis en marche pour franchir de nouvelles frontières.

Notre individualisme français est très enraciné. Si nous décidions de le combattre, nous pourrions, nous les citoyens, avoir un autre regard sur nos hommes et femmes politiques. Ça s'appelle le respect. C'est un des plus beaux noms de l'amour. Et cet amour-là pour son pays permettrait de faire fleurir les trois mots qui nous rassemblent : Liberté, Égalité, Fraternité.

N'oublions pas les onze morts de la tuerie de Nanterre quand le conseil municipal, à 1 heure du matin, travaillait au service de sa commune. Toutes tendances politiques confondues, ils sont morts soudés par leur sang à leur table de travail.

Le temps des échanges

Nos dirigeants, à l'heure des présidentielles, ne nous écoutent ni ne nous parlent. Ils se répondent.

L'un accuse l'autre de le copier. Un autre cherche dans des fosses putrides des cadavres. Le souffle de la démagogie et des simplifications survole la vieille dame « France » qui ne doit pas s'étonner outre mesure de ces querelles. Elle en a l'habitude.

En attendant, la France profonde, celle des citoyens qui travaillent, souffrent ou se désespèrent de l'insécurité, discute, elle, des grands problèmes de société. Elle en est l'actrice, la victime et la juge.

Le combat des chefs, au fond, l'indiffère. Ils règnent et se disputent. Ils sont en cela les fiers représentants du coq gaulois. Deux coqs dans une même basse-cour, c'est toujours un de trop.

La victoire ou la défaite de l'un d'eux nous permet au moins d'échanger.

Blotti dans un coin de restaurant, je mange vite pour répondre au courrier abondant qui me poursuit.

Au fond de la salle, trois personnes discutent

bruyamment. L'une d'entre elles proclame des théories d'extrême droite. La voix est forte, incisive, accrocheuse. Je patiente. Mais impossible de ne pas entendre ce verbe qui envahit la salle et provoque en moi une répulsion instinctive.

Je demande à l'adulte de parler moins fort. Il me rétorque de ne pas l'écouter. Je lui signifie que c'est impossible en fonction du haut-parleur qui sort de sa bouche. Et je précise en plus que ses théories, je ne les partage absolument pas.

Un « Allez vous faire e... » me gifle. Je passe sur l'insulte en lui rétorquant que ses mots sont dignes du leader dont il se réclame !

Le ton baisse. Je refuse d'en rester là. Le repas achevé, je me dirige vers la table du perturbateur. Quelques phrases apaisantes de ma part, et je me retrouve assis avec les trois larrons, dont l'offenseur qui s'excuse.

Nous sommes restés deux heures à nous écouter. Passionnant dialogue ! Tout y est passé. La place des immigrés en France, le rôle des policiers et des juges, les trente-cinq heures... et même le risque moral de vendre des cassettes porno dont l'un des interlocuteurs (mon insulteur) faisait commerce.

La religion, bien sûr, si elle en a pris un vieux coup, a clos ce dialogue hautement démocratique.

Oui, chaque élection est le temps des échanges. Ne le manquons pas. Et n'oublions pas que s'abstenir est un risque grave pour chacun des citoyens. Assez de pêcheurs à la ligne les jours de vote. On devrait laisser tout pour ce moment de choix et d'exception. Sinon, citoyens, on la ferme !

Comme des enfants

Je retourne en 2002, dans le proche passé, le passé présent. C'était le jour où Jacques Chirac gagnait les élections avec un score digne d'un régime bananier. Ils étaient comme des enfants. Une petite foule qu'une sono crachotante tentait de rallier. Mais le cœur n'y était pas. Les militants de gauche réunis étaient éparpillés.

C'était le 5 mai au soir, place de la Bastille. Je m'étais glissé au milieu de ce rassemblement morose après avoir lu sur l'écran de télévision l'énorme « chiffre » (quatre-vingts pour cent) qui, pourtant, ne pouvait faire que des heureux. La droite avait gagné. La gauche avait vaincu sa peur. L'extrême droite hurlait sa joie d'avoir été à l'épicentre du tremblement de terre qu'elle avait provoqué.

Combien de témoignages de « Si j'avais su... », « J'aurais dû... », « J'aurais jamais cru... » ont fleuri durant l'entre-deux-tours ! Dans ces jours historiques, ce qui nous a grandis est notre refus d'accuser tout le monde, et de prendre nos responsabilités.

Le formidable martèlement des pas de nos adolescents sur les trottoirs des villes est un signe d'espérance pour un futur engagement de citoyens adultes responsables. Pour une fois, des millions de personnes prenaient conscience qu'un bulletin de vote n'est pas « mon choix » mais celui d'élire des gouvernants et désigner un pouvoir.

À force d'être materné, l'enfant ne grandit pas. Il reste avec ses petits choix de gosse, son horizon limité, ses colères soudaines, ses caprices et ses peurs.

L'État « d'en haut » nous bichonne, nous pouponne et nous berce depuis trop longtemps. Les citoyens passifs que nous sommes devenus découvrent leur narcissisme dans un premier vote qui les a atterrés... mais trop tard.

Un grand chantier de reconstruction attend nos futurs dirigeants. Un autre chantier, et pas des moindres, nous presse. Celui de ne pas nous cantonner dans la recherche exclusive du bonheur privé qui est la tentation d'un pays riche.

De la chaleur de nos foyers, nous avons peur de sortir. « Dehors, c'est la jungle », ont martelé nos ténors de la présidentielle. C'est vrai en partie. Mais la paix publique n'est-elle pas aussi de notre ressort ?

Enfin, on ne se reconstruit pas contre les autres.

Il est bon de refuser de débattre des idées extrêmes qui poussent à la haine et à la division. C'est une perte de temps et d'énergie. En revanche, combattre pour une société ouverte, autonome, fraternelle, oxygénée est l'urgence de ce temps d'exception.

Nous n'avons pas une minute à perdre. Citoyens, redevenons adultes ! Quant aux médias, ils doivent de plus en plus mesurer le rôle majeur qu'ils ont. Ils peuvent construire autant que détruire. Ils peuvent écraser autant qu'élever. Ils peuvent nous soulever autant que nous piétiner. Ils peuvent nous sublimer autant que nous rétrécir. Ils peuvent enfin nous pousser à l'extrême de nos dérives autant que nous faire grimper au plus haut de nous-mêmes.

Nicolas, toi, le « coucou de la gauche »

Nicolas,

N'inspire pas la peur mais restaure la crainte et aide les jeunes à réaliser leurs rêves. Perdu dans la neige, j'ai pu dévaler la blancheur immaculée des Hautes-Alpes. Pour être malgré tout au cœur du monde, je me suis farci trois « quotidiens » par jour.

Impossible, évidemment, de ne pas voir ta tronche tous les jours, ne serait-ce que par rapport à ton ennemi intime, Juppé, et ton rival qu'on dit potentiel : Jean-Pierre le Grand Vizir dont tu lorgnes le siège avec une inlassable constance...

Pour l'instant, tu surfes sur les sondages, tout schuss, car en matière de sécurité, tu ne donnes pas dans le ski de fond. Parce que tu es un décideur, Nicolas. Et celui qui décide fonce.

Ce qui est drôle chez toi, c'est que tu piques tout ce que tu peux dans le programme des autres. Tu es le « coucou » de la gauche.

Moi qui suis de gauche, je n'en admire pas moins

ta façon de voler aux autres leurs promesses quand elles n'étaient qu'oratoires. Tu les appliques, Nicolas, et c'est pour ça que je t'aime beaucoup. Parce que la parole, tu t'en fous. C'est l'acte décidé qui rend crédible.

Si nos politiques faisaient ce qu'ils disaient, ça serait pas si mal. Toi, tu fais et tu dis après. Ce qui est nouveau et surprenant.

Méfie-toi des avalanches possibles qui, sournoisement, t'attendent sur la piste. Tu as sans doute peu d'amis dans ce monde de rats et de hyènes qui est, en partie, celui des hommes et des femmes politiques. Heureusement qu'il y a maintes colombes et fourmis besogneuses et ardentes qui bossent bellement en silence à notre service. Et elles sont nombreuses.

Un exemple qui te fera plaisir : tu avais promis que les jeunes qui cassent les bonbons des gens en envahissant l'entrée des immeubles arrêteraient leur cirque sous peine d'amende (et même de prison).

Une vieille femme turque, vivant au deuxième étage d'une HLM, m'a dit dernièrement qu'elle pouvait enfin dormir, après des années d'insomnie. En effet, elle subissait « Skyrock » à pleins tubes et autres mélodies parfumées de joints odoriférants. Le tout montait du hall de l'entrée de l'immeuble. En général à 3 heures du matin.

Merci, Nicolas : elle dort enfin.

Mais où sont partis ces jeunes, maintenant ?

Tu as raison de valoriser la crainte, mais il faut que les jeunes trouvent un sens à leur vie à la place du chômage, coincés qu'ils sont dans les entrées des HLM.

Fais attention enfin à ne pas donner dans le tout répressif. Danger mortel. Une répression tous azimuts amène très vite au fichage. On garde en mémoire le fichage mortel des Français sous le régime de Vichy. Ce qui a provoqué des milliers de morts lentes et atroces. Notre pays est celui de la liberté. Pas de l'impunité, évidemment. Pas du « fais ce que tu veux quand tu veux ». Mais de la liberté qui n'enjambe jamais celle des autres. La France a besoin d'un formidable appel d'air pour un civisme éclairé, conscient, qui nous permettra de penser qu'il fait bon vivre dans l'Hexagone.

Une prévention forte, puissante, liée à la joie de vivre leurs rêves, ne donnera plus à nos chérubins l'envie de nous faire peur. Les jeunes ne nous empoisonneront pas l'existence si nous leur donnons la capacité d'être au cœur de la société pour la construire et non la détruire.

Continue, Nicolas, sur tes skis. Dévale les pentes et ne pense pas trop aux présidentielles. Pour l'instant, tu es le petit vizir : reste-le.

Merci à toi, qui as eu le culot, il y a cinq ans, de venir te plonger dans notre Bergerie de Provence pendant quatre heures, au milieu des loubards. Tu n'étais politiquement plus rien. Et tu es venu tout nu. Sans caméra.

N'oublie pas ce que le prudent et miraculé maire de Paris, Bertrand Delanoë, a émis comme vœu dans son Hôtel de Ville : « Le bien ne fait pas de bruit et le bruit ne fait pas de bien. »

Nicolas Sarkozy et les pétards

Vous avez vu dans la presse les nouvelles élucubrations de Nicolas Sarkozy. Il est en guerre contre les pétards. Il y va fort, notre Nicolas. Je salue l'essai qu'il fait contre la drogue. Aucun homme politique ne s'y était essayé encore ! Si... Jospin l'avait fait juste avant de louper la présidentielle en disant : « Vaut mieux fumer un pétard le soir tranquille dans son lit que de boire au volant », ce qui était un lieu commun extraordinaire. Cela posait une question fondamentale : légalisons la drogue douce ou pas ?

Mais c'était un problème très mal posé. Il n'y a eu aucun commentaire par la suite. Ça veut dire que les hommes politiques ont peur de perdre les voix des jeunes s'ils s'attaquent à ce fléau. Quand on sait que sept millions de jeunes fument en toute impunité ! J'ai vu l'évolution en vingt ans. Avant, ils se cachaient ; aujourd'hui, c'est plus la peine. Ils roulent leur pétard partout ! Ils fument au su et au vu de tous. On fait la chasse depuis longtemps à ceux qui boivent trop au volant, mais pas à ceux qui fument trop et qui peuvent provoquer des accidents mortels. Nicolas part en amont. Je lui souhaite bon courage.

J'ai vu une séquence télé où deux flics en civil abordent un mec qui fume son pétard dans la rue. Ils lui demandent son identité mais ne lui mettent pas un PV. Ils écrasent tout de suite le pétard par terre. J'aime bien cette technique.

Il m'est arrivé la nuit de tomber sur des flics qui me reconnaissent, m'abordent et me montrent la saisie nocturne : plusieurs barres de shit dans les poches, mais pas sous cellophane, et donc sans main courante ! Il faut dire que ces flics sont jeunes et doivent fumer de temps en temps. Combien de jeunes m'ont raconté que les flics leur avaient pris leurs barrettes sans rien leur dire. Les ados étaient contents de ne pas avoir été arrêtés, mais se posaient des questions sur ce que les flics avaient fait de leur came ! La règle de détruire aussitôt le shit est claire et nécessaire.

Écoutez ce que dit Renaud : « N'oubliez pas que la drogue douce, c'est de la drogue dure. » Il en sait quelque chose.

On fait vivre des tas de jeunes dans l'impunité. Beaucoup ne fument qu'occasionnellement. Ils parlent d'un moment de convivialité. Un pétard de temps en temps n'est pas dangereux, mais l'accoutumance peut être très dangereuse, déstabilisante. Je connais des jeunes dont la scolarité est complètement foutue. Les professeurs s'en aperçoivent maintenant quand le jeune dort en classe, ou manifeste des troubles du comportement.

La drogue, c'est aussi ce marché parallèle de centaines de millions d'euros par an. Combien de ceux que j'aide ne veulent pas de stages à cinq cents euros parce qu'ils se font trois fois plus par mois, net d'impôts, en vendant simplement leur merde ! Comment voulez-vous insérer de tels jeunes ?

Il y a une décision gouvernementale de ne pas légaliser la drogue mais d'aborder de front ce problème : pourquoi les jeunes fument et comment les soigner avant de les sanctionner ?

Merci à Nicolas de vouloir aborder ce sujet très délicat qui n'est pas bandant électoralement parlant. Il est courageux d'agir, vite, bien, fort et cool à la fois. Et si possible d'aller en amont.

Bon courage, Nico !

Mais que je ne te surprenne pas, place Beauvau, préparant un big pétard avant une réunion craignos avec, par exemple, les syndicats des policiers. Les super-cigares de ton bureau te suffiront pour continuer ta lutte étonnante, audacieuse et courageuse !

DEUXIÈME PARTIE

Paix à la guerre

[illegible]

[illegible]

[illegible]

[illegible]

[illegible]

[illegible] dans la [illegible]

[illegible] quand il avait

Un Opinel et des tanks

Il avait pris soin de s'armer d'un Opinel « au cas où » ! Le match de football s'annonçait dur et les bandes rivales de supporters n'avaient pas envie de laisser l'« ennemi » leur marcher sur les pieds. De toute façon, chaque bande de quartier a toujours un « 11 septembre » de réserve pour se venger d'un coup bas, ancien ou récent, de l'adversaire. D'où le couteau de Philou en vue d'une agression « préventive ».

Après l'échauffement rituel où l'alcool donne du cœur à l'âme pour se frotter contre l'ennemi bien ciblé, le match fini, les deux groupes se rencontrent dans le métro pour régler leurs comptes et dégager leur violence contenue.

La mort était au rendez-vous. Philou, dans la bataille, sort son couteau. Un des belligérants, pas particulièrement agressif, tombe sur lui. Le couteau entre dans les chairs. L'hémorragie interne laisse quelques minutes de survie à l'adolescent mortellement blessé.

Philou s'en tire avec sept ans de prison. Il n'avait

jamais voulu tuer un inconnu... Il s'était simplement armé « au cas où ».

Les Américains n'ont jamais voulu tuer des inconnus irakiens et surtout innocents. Mais la guerre a ceci de terrifiant : en temps de paix, on valorise et on respecte l'homme. La guerre, en revanche, déchaîne en nous les instincts les plus bestiaux et les plus primitifs. Elle permet de voir en tout être un ennemi.

L'autre n'apparaît plus comme un humain digne de respect, mais comme un adversaire qu'il faut éliminer. Mesrine avait raison quand il affirmait : « Je tue en France un ennemi, j'en prends pour dix ou vingt ans ; j'ai tué en Algérie, j'étais un héros qu'on décorait. » Sans, en aucune façon, valoriser ce tueur, j'estime que sa réflexion reste juste et forte. Les tanks qui ont pilonné les villes irakiennes ont ramené des héros aux États-Unis et en Grande-Bretagne.

Dans la cité où Sohane, de Vitry-sur-Seine, a été brûlée vive, on a entendu des cris d'encouragement, de la part des copains du criminel, lors de la reconstitution des faits. On peut rapprocher ces cris qui encouragent la haine avec ceux qui ont applaudi les criminels du 11 septembre 2001. Le nihilisme dingue de Ben Laden et de ses complices est aberrant. La vie des trois mille dix-huit victimes des Twin Towers était niée autant que celle des kamikazes envoyés pour le massacre.

Nous subissons ce même nihilisme en creux en Europe lorsque nous déplorons le nombre de suicides de jeunes qui va en augmentant. Dans le même ordre d'idées, on peut regretter ce qui se passe en France dans les tribunaux lors du verdict qui tombe sur des adolescents coupables de viols collectifs. Les jeunes, venus nombreux par solidarité pour leurs copains violeurs, insultent la victime qui doit être protégée à la sortie du tribunal. Quant aux juges, je vous passe les noms d'oiseaux dont ces mêmes jeunes les honorent, une fois la peine proclamée ! Très inquiétantes dérives qui massacrent la vie et bafouent la justice française.

J'avais dix ans

Limoges libéré (en 1944), mon père nous a fait descendre en ville, ma sœur, mon frère aîné et moi. Curieux, je me faufilai au milieu d'un attroupement. Ma petite taille me le permettant, je me trouvai aux premiers rangs de la curiosité populaire. Deux Allemands, grillés vifs dans leur voiture, offraient un spectacle macabre et repoussant.

Mon père, trop tardivement, m'extirpe de cette vision qui m'a marqué définitivement.

Un autre spectacle, beaucoup plus signifiant et qui m'a également terrorisé, fut celui de la populace, armée de planches, qui faisait la haie devant l'entrée de la prison. Je voyais les bois frapper violemment des têtes de femmes tondues et celles d'hommes vacillant sous les coups terribles. Certains s'affaissaient. Peut-être définitivement.

Les « collaborateurs » (ils ne l'étaient pas forcément) désignés à la vindicte populaire vivaient ainsi un terrible calvaire. Les alliés et les maquisards nous avaient sauvés. L'instinct le plus sordide des citoyens se libérait alors de la peur, de l'angoisse et des privations multiples. L'image des pillards et des règlements de comptes entre Irakiens est l'histoire continuée.

Un tyran tue tous les réflexes humains élémentaires de ses citoyens. L'instinct le plus primaire prend alors le dessus, libérant toujours les forces les plus destructrices. Ainsi en est-il de l'Irak actuellement. La victoire de la coalition a donné libre cours aux horreurs fratricides puisées, longuement, dans la haine entre clans, partis, voire religions.

Jean-Paul II a raison de crier au monde que « toute guerre est une défaite de l'humanité ».

Un gosse garde en lui les cicatrices que la guerre a provoquées au plus intime de son être. Je revois mon père nous faisant dévaler l'escalier vers la cave, dès les alertes déclenchées. J'ai souvent pensé à ces jeunes Irakiens terrés dans des abris et subissant deux guerres : celle de 1991 et celle de 2003. Combien de gosses, d'ados traumatisés à vie !

Que mon père ait osé me conduire à Oradour-sur-Glane reste, pour moi, un des plus grands moments de ma vie. L'odeur de mort émanant encore de l'église où des centaines de femmes et d'enfants sont morts grillés vifs m'a marqué à jamais.

Sans doute est-ce là que je suis devenu un guerrier de la paix.

J’avais vingt-deux ans

Tout jeune, témoin d’une guerre, je n’aurais jamais pensé être l’acteur d’une autre.

Celle d’Algérie fut la découverte adulte de ce qu’il y a de plus bestial en nous. Durant nos classes, avant de partir en Algérie, des photos immenses placées à l’entrée de notre caserne de chasseurs alpins de Barcelonnette, où j’étais incorporé, nous montraient l’ennemi dans son horreur : cheptels égorgés, femmes européennes éventrées, gosses mutilés. C’était affreux et vrai. Mais à sens unique, comme je devais le constater très vite.

On devait partir bardés de haine, fin prêts pour arrêter une boucherie où l’ennemi était présenté comme un bourreau sadique.

Passé la Méditerranée, la vision de cette guerre où j’étais plongé durant près de trois ans m’est apparue tout autre. Nous étions capables, nous aussi, soldats français, d’être des bouchers. À la différence près que nous avions une puissance de feu démesurée par rapport aux pauvres montagnards qui nous harcelaient.

C'était mon premier combat... au service de l'humain. Infirmier, j'ai pu rester intact, je pense, grâce au rôle de combattant hostile à la guerre.

Rôle que j'avais choisi. Le seul bien que j'en ai tiré a été ma volonté de défendre l'humain, de quelque côté de la guerre qu'il soit et quoi qu'il arrive. C'était la première fois que je me trouvais, malgré moi, dans une situation de grande violence. Ne pas me laisser faire ni endoctriner. Essayer de voir juste. Tisser des liens fraternels avec mes frères soldats et, armé de ma seule trousse de pharmacie, aller à la rencontre de mes « ennemis », parqués dans un marécage. Ces ennemis-là avaient le visage de vieillards, de femmes et d'enfants regroupés sur une terre faite de boue l'hiver et de chaleur insupportable l'été. La mortalité infantile était énorme.

J'ai vu, mais en images, les mêmes visages et les mêmes peurs sur les berges de l'Euphrate, dans ce pays berceau de tant de civilisations prestigieuses. Incontestablement, nos frères américains ont subi un conditionnement semblable et autrement plus fort que le nôtre. Les médias multiplient aujourd'hui à l'infini ce que nous subissions de façon restreinte.

Deux dangers mortels

La guerre en Irak a fait apparaître comme jamais les deux dangers mortels qui guettent l'humanité. Toute guerre est folie, un mal absolu. Particulièrement celle où, derrière l'ennemi désigné, se cachent des intérêts sordides et surtout une vision de domination et d'hégémonie. Cette folie est aussi vieille que la première guerre du monde. Même si d'un mal – la guerre – est sorti un bien : l'élimination de Saddam Hussein – tyran sanguinaire –, grâce au succès fulgurant de la coalition. Si, d'année en année, nous devenons experts en humanité dans le domaine des maladies ou des fléaux épidémiques, de l'informatique et de la transmission des informations atteignant la vitesse de l'éclair, nous devenons aussi, à chaque guerre, des bêtes assoiffées de sang.

En revanche, le fait de vouloir tirer Dieu de son côté est nouveau. Que cela soit dans l'enfer de Manhattan ou au cours de cette guerre actuelle, Dieu est insulté. Cette perversion totale du religieux nous ramène des centaines d'années en arrière.

Dieu devient, dans les prières de ceux qui Lui

réclament la victoire, un instrument de haine et du mal. On Le prostitue pendant que les forces du mal se délectent. Derrière ce masque de prière, la jeunesse du monde s'interroge. Comment les jeunes, à qui on apprend tout petits et dans toutes les religions à balbutier Son Nom d'Amour et de Paix, peuvent-ils accepter qu'on invoque Dieu pour provoquer un carnage ?

Le pape Pie X, sollicité pour bénir les canons d'un pays belligérant, répondit en donnant sa bénédiction : « Je bénis la paix. »

Il est impossible qu'au cours de l'histoire de l'humanité nous n'arrivions pas à cesser toute guerre. Donc tout armement. Ce n'est pas un rêve irréalisable.

Ne pas regarder la guerre et la violence, mais les lire

La distance par rapport à tout conflit nous échappe. Il a ceci de nouveau, depuis la naissance des médias, qu'il nous hante et nous harcèle dès qu'on appuie sur un quelconque bouton de poste radio ou de télé.

Le matraquage est géant. Il nous fait tanguer d'un côté de l'ennemi et, en quelques secondes, de l'autre. « Lire un conflit » dans les journaux est autrement plus signifiant et source d'un vrai discernement. La force des mots fixe l'attention et provoque la réflexion, tandis que l'émotion des images nous glace, nous paralyse, et on passe à autre chose sans réfléchir sainement.

La seule réponse, à mon sens, pour voir plus clair et plus juste est de lire et « méditer » la guerre. Le croyant saura faire monter une prière forte qui refusera de se fixer sur un seul camp.

Il en est de même pour toutes les violences habituelles et journalières qui nous assaillent par écran interposé. Lire dans la presse le procès d'un criminel, quel qu'il soit, est signifiant. L'un d'eux, bourreau effrayant, tueur et violeur, m'a fait vaciller dernièrement quand il a crié en plein tribunal sa haine de son père, causée par la violence paternelle extrême qu'il avait subie.

Quand on connaît bien les traumatismes d'une enfance où le sadisme des parents s'est donné libre cours, on perçoit parfaitement que, dans un autre contexte parental, le tueur d'aujourd'hui aurait eu une tout autre existence.

La télévision était passée très vite sur la rencontre violente entre le père et le fils. Les journaux, pas. La clef des pulsions criminelles du tueur était pourtant bien là. Si les parents des victimes ont vécu l'enfer de la rencontre avec le bourreau de leur enfant, avec notre totale solidarité, provoquer par l'image une haine invincible du bourreau n'est ni juste ni sain. Quant au procès du tueur psychopathe belge Dutroux, on tombe sur une telle perversité qu'on ne peut qu'être écrasé par tant d'horreurs. Suivre à la virgule près ce procès est malsain pour chacun d'entre nous.

Lisons la violence, quelle qu'elle soit, pour mieux l'analyser et l'expliquer.

Les images d'une guerre ou l'étalage des crimes d'un sadique sont celles d'une pornographie violente. Nos enfants en sont atteints.

« Non », nouvelle puissance mondiale

Je ne me reconnais pas dans la prière de George Bush et sa demande d'une journée de jeûne et de prières... en faisant la guerre.

Ni dans la prière de Saddam Hussein appelant ses frères croyants au soulèvement de la haine, alors qu'il régnait sur la multitude des cadavres qui lui avaient permis de se hisser au sommet d'un pouvoir putride.

Dieu hait le mal. Il ne peut être dans un camp contre l'autre. Les forces du mal, elles, s'en délectent.

Je ne me reconnais, comme chrétien, dans aucun chef d'État dont la puissance tue pour conquérir, encore et encore, au nom de la liberté. Ou qui lobotomise un pays en faisant de ses sujets des zombis que, seule, la peur guide.

Cette guerre en Irak nous a écartelés. Elle nous a fait pencher sans cesse d'un côté ou de l'autre.

Les médias, autre puissance, ne nous ont pas aidés à trancher. Au contraire. Leur part de vérité était cruelle. Ils nous guidaient des sables mouvants d'une guerre qui s'éternisait aux berges qu'on croyait salvatrices, quand ils annonçaient la mort d'un tyran qui renaît sans cesse.

Nous balancions entre la cruauté d'un régime qui nous révulsait et le sang innocent qui coulait par la faute d'un seul. Alors, on tranchait au gré des informations. On calculait les coups. On souhaitait l'avancée rapide des « rédempteurs » américains pour que la tuerie cesse. Et on était, d'un seul coup, anéanti par les images d'un peuple qui ne pouvait plus que souffrir et se terrer, ne sachant pas d'où viendrait son salut.

Témoins impuissants et actifs à la fois, nous ne pouvions que dire « NON ». Et c'était déjà trop tard. Même s'il fallait le dire encore et encore.

Faire silence et prier n'est pas l'impuissance. Nos questions, nos incertitudes et nos atermoiements doivent être jetés en Dieu. C'est la seule issue.

Des voix nous guident pour crier au monde que « toute guerre est une défaite » (Jean-Paul II). Des plus éminentes aux plus anonymes, elles n'ont, apparemment, aucune puissance réelle. Elles ne sont que des voix. Elles n'ont aucun intérêt dans aucun camp.

Mais leur force vient de là. Une force invincible pour aujourd'hui et demain. Ce sont ces voix-là qui permettent, dans un conflit déchirant, d'être « étoile du berger ».

Par le refus de la violence, une multitude d'humains persuadés qu'un conflit est fou peut être déterminante pour l'avenir. La prière mondiale pour la

Paix n'a-t-elle pas été exaucée, en partie, dans les pas de la multitude de ceux et celles qui martèlent les routes, aux quatre coins du monde, pour dire simplement : « Non » ? Et si ce simple mot, « non », était la puissance nouvelle, à l'échelle de la planète ?

On peut espérer alors que des gouvernants, fous de pouvoir et de sang, reculeront devant ces myriades de mains brandissant un seul mot de refus : « Non ».

La « crèche » de Saddam

Il n'avait même pas de paille dans son trou à rats. Il n'avait même pas la chaleur de ruminants paisibles pour lui tenir compagnie. Il n'avait que des rongeurs pour l'assister dans son extrême dénuement.

Il a dû se souvenir de ceux qu'il enfermait, durant des années, dans des espaces qui n'excédaient pas 1,50 mètre de hauteur et profondeur.

Comme il avait mille Hérode qui le guettaient pour le faire périr, il devait attendre, avec impatience, ses ennemis jurés, les Américains, pour qu'ils le délivrent.

Car il savait que ses bourreaux auraient été alors ses frères de race et de sang. Il a dû vivre l'agonie des tyrans qui, ayant goûté et abusé de tous les pouvoirs imaginables, savent, une fois déchus, qu'ils ne seront que des proscrits hagards.

Il est sorti de sa bauge, masquée par des ordures, les mains levées vers le ciel qui le délivrait de ses cauchemars... face à des fusils qui ne pardonnent pas.

Il est encore le bon larron qui peut demander pardon. Les millions de morts qu'il a provoquées, programmées, seront là le jour du jugement terrestre.

La justice humaine passera. Une façon, pour les survivants de sa tyrannie, de faire le deuil de tant d'êtres chers disparus.

Le visage de clochard qu'il a montré en sortant de son repaire m'a ému, moi chrétien... Il ne pouvait pas être plus symbolique, ce visage, pour qui croit, quoi qu'un être ait commis, que le pire d'entre nous est aimé de Dieu.

On a trouvé dans son antre une statue de Marie. Qui, plus qu'elle, peut donner à un être inhumain dans ses actes le visage du Ressuscité ?

Personne d'autre...

La photo de Marie, demandée par des prisonniers criminels que je connais pour décorer et illuminer leur cellule, est pour moi le signe que rien n'est perdu.

C'est le visage de Marie au pied de la Croix, demandant que Dieu fasse miséricorde au pire des bourreaux.

Combattants de tout poil, le temps presse !

Le jour où des milliards de voix dénonceront partout sur la planète le fait que le budget d'une guerre comme celle de l'Irak (cent milliards de dollars) correspond au double de celui qu'on offre pour le développement des pays les plus pauvres (cinquante milliards de dollars), les tyrans et les drogués de pouvoir ne pourront plus se lancer dans une folie guerrière issue d'une paranoïa démente ou d'un fondamentalisme qui n'est pas que musulman.

On peut rêver, on doit rêver. Si nous restons des combattants au service de la paix, ce rêve se réalisera.

La Terre peut être un paradis. Terrestre assurément. Avec ses ombres et ses lumières. Mais un paradis qui serait le signe que, si la Terre est passage, il fera toujours bon y vivre.

Toute culture dont l'humain est le cœur et toute croyance centrée sur l'amour et sur le respect dû à tout être doivent s'unir pour cette bataille à l'échelle de l'humanité.

Combattants de tout poil, le temps presse !

11 septembre : que nos larmes ne soient pas celles de crocodiles

Le 11 septembre est une date que je connais, c'est la veille de mon anniversaire ! Comme vous tous et toutes, j'ai eu une overdose du battage médiatique déversant sur nous les turpitudes d'un fou qui a profité d'un ciel immaculé sur New York (ça, c'est le hasard) et de l'enjeu médiatique de sa tuerie qu'il avait diaboliquement programmée (ça, c'est pas le hasard).

L'année dernière je n'avais voulu voir que le film des frères Naudet, français, témoins extraordinaires des deux heures du calvaire new-yorkais. Témoignage unique et hallucinant.

Tout a été dit sur cette tuerie monstrueuse.

Impossible de ne pas être d'emblée avec les trois mille dix-huit victimes de cette horreur. Sans oublier les centaines de sans-papiers qui bossaient dur dans les tours ce jour-là, et se sont volatilisés dans leur écroulement. Ils n'avaient pas d'identité légale, donc ces morts-là n'existent pas...

Impossible de ne pas subir l'agonie épouvantable

de tous ceux et celles qui se sont trouvés pris au piège au-dessus des étages que les deux avions fous ont percutés.

Impossible de ne pas vibrer avec ceux et celles qui ont eu un peu plus d'une heure pour opter entre deux décisions : griller vif ou sauter. C'était leur seul choix. Entre six cents et sept cents personnes ont choisi le vide. Impossible de ne pas penser aux derniers instants, quelques secondes, de ceux qui ont choisi la chute libre.

Impossible de ne pas être du côté des veuves, des veufs et des orphelins qui, pour la plupart, ont suivi en direct le calvaire de ceux et celles qu'ils chérissaient.

Impossible de ne pas penser qu'en voulant atteindre de plein fouet l'Amérique capitaliste et chrétienne, Ben Laden s'est lourdement trompé. Il a atteint, à travers les milliers de victimes, toutes les religions.

Quant à ceux dont la vocation était de « sauver ou périr », les trois cent quarante-trois pompiers notamment, on ne peut que les saluer parce qu'ils avaient cette double innocence : d'être en dehors des tours et d'y aller pour sauver des vies.

Pleurer avec l'Amérique traumatisée est une bonne chose. Mais on arrive à un seuil que ce drame doit nous faire dépasser.

Les cinq cent mille enfants irakiens victimes du blocus américain n'ont pas fait de bruit en mourant de malnutrition. Les plus de deux mille victimes palestiniennes, innocentes, ainsi que les centaines d'Israéliens éparpillés en mille morceaux dans des cafés où ils consommaient au moment où il ne fallait pas, n'auront pas droit aux somptueux souvenirs d'un 11 septembre ; ils meurent jour après jour sous l'œil blasé du consommateur du bar du petit matin qui lit son journal et enregistre rapidement le nombre de cadavres cités par son journal.

Accuser Ben Laden et les cerveaux démoniaques qui ont provoqué l'enfer de Manhattan est une chose juste. En soulignant que la rage de faire justice des Américains a tout de même mis sur la route de la démocratie l'Afghanistan après le quart de siècle de guerres que ce pays a subi.

Ça au moins, c'est une belle espérance.

D'un mal immense, un premier grand bien a surgi. Saluons la prestation américaine.

Avec un souci majeur, par rapport aux quatre cents milliards de dollars votés pour la défense américaine : une nation qui s'arme à ce point peut trouver des ennemis partout. Ne serait-ce que pour montrer sa force, en utilisant son gigantesque arsenal de mort pour en tester l'efficacité.

Ne soyons pas antiaméricains. Mais, Européens, interrogeons-nous avec nos frères et sœurs américains.

Le 11 septembre, le sort du monde a basculé là. Date fatidique qui peut nous amener à d'autres cataclysmes effroyables si nous ne nous posons pas cette question cruciale : « En quoi suis-je coupable ? »

Tout acte de partage, de tolérance et de respect sera pour chacun d'entre nous la meilleure commémoration de tous les 11 septembre.

Tout désir entre croyants d'assembler nos idéaux religieux au service d'un Dieu d'Amour, unique, miséricordieux, sera l'antidote sauveur de l'humanité. Répondant à la haine folle et funèbre d'un Ben Laden, seule une réflexion personnelle et globale contrera les forces de mort et de perdition. Tout le reste est folklore, larmes de crocodile.

Pire : si nous ne nous interrogeons pas, les victimes innocentes des Twin Towers seront mortes pour rien ; d'autres (et combien plus nombreuses) peuvent suivre et nous risquons de passer notre temps à commémorer de multiples dates porteuses de morts.

Il faut que l'espérance gagne. Elle gagnera si, toi, tu te mets en marche.

TROISIÈME PARTIE

Corps à corps

« Paraton » est aussi un champ de bataille !

Coups à corps

Indubitablement, le combat pacifique, mené durant la guerre d'Algérie, m'avait préparé à la tâche que j'assume : vivre au cœur de la violence adolescente.

Une enfance comblée d'amour et de longues études universitaires, où un Dieu de paix m'était présenté, [illegible] pour comprendre et [illegible] une violence apparemment [illegible]. La violence des adolescents m'a stupéfié [illegible], au lieu de m'abattre, elle m'a dynamisé.

Je comprends la puissance de l'amour depuis le [illegible]. Ma foi en un Dieu qui nous aime a fait le reste. C'est ma seule force, je la sais invincible. Être environ quatre cents [illegible] par an, envoyés par des juges [illegible] par la violence des jeunes qu'ils ne savent plus où placer, est signifiant.

Violences dans le quartier. Violences dans les centres que le jeune a connus et dont il a été exclu. Violences familiales.

Un [illegible] de l'autre adolescente nous arrive, « choisie » [illegible]. Nous [illegible] accepter

« Faucon » est aussi un champ de bataille !

Indiscutablement le combat pacifique, mené durant la guerre d'Algérie, m'avait préparé à la tâche que j'assume : vivre au cœur de la violence adolescente.

Une enfance baignée d'amour et de longues études religieuses, où un Dieu de paix m'était présenté, furent pour moi le terreau indispensable pour comprendre et assumer une mission apparemment impossible. La violence des loubards m'a stupéfié dès mon arrivée à Paris. Mais, au lieu de m'abattre, elle m'a dynamisé.

Je connaissais la puissance de l'amour depuis le berceau. Ma foi en un Dieu qui nous aime a fait le reste. C'est ma seule force. Je la sais invincible. Lire environ quatre cents fax par an, envoyés par des juges d'enfants paumés par la violence des jeunes qu'ils ne savent plus où placer, est signifiant.

Violences dans le quartier. Violences dans les centres que le jeune a connus et dont il a été exclu. Violences familiales.

Une boule de haine adolescente nous arrive, « choisie » parmi des centaines. Nous ne pouvons accepter que huit jeunes par an dans notre Bergerie. Le choix préférentiel étant celui du plus abîmé, ce n'est pas trop difficile. Et, chaque fois, on met un juge et des éducateurs en joie !

Les premiers mots du jeune arrivant sont une déclaration de guerre déguisée et « préventive ». « Si on me cherche, on me trouvera ! » Personne ne lui en veut mais sa volonté hégémonique affichée annonce les conflits à venir. Ils ne tardent pas. Mes équipiers bien préparés les attendent avec sérénité. Quant aux animaux qui attirent irrésistiblement nos jeunes, ils leur apprendront à maîtriser leur agressivité.

Le jeune qui arrive chez nous ne sait pas encore que la violence à laquelle il est accoutumé depuis son enfance disparaîtra peu à peu grâce à des adultes chaleureux et à un lien immédiat avec vingt-neuf espèces animales.

Les voir très vite étonnés de découvrir qu'avec de la douceur et de la patience l'homme, comme l'animal, fait tomber toute agressivité, est notre victoire permanente. Aucun jeune depuis trente ans n'a échappé à la magie de regards humains confiants et exigeants, ainsi que de bêtes multiples, de la colombe à Lulu, notre buffle d'une tonne !

Ces rapports sans violence où ils ne se sentent plus menacés permettent à nos jeunes de réfléchir sur eux-mêmes et sur leur passé.

Le champ de bataille qu'ils croyaient trouver à la Bergerie devient, de mois en mois, une terre harmonieuse qu'ils aiment de plus en plus sans même s'en rendre compte.

Ils apprennent enfin qu'ils comptent plus que tout. Que chacun d'entre eux a une place inestimable. Et surtout que l'harmonie entre les êtres humains est possible, alors qu'ils l'ignoraient.

Urgences

Il a les yeux fous. Dès son entrée dans notre permanence, j'ai su qu'il était au bord de l'explosion à travers ces mots qui m'ont glacé : « Je veux tuer quelqu'un. N'importe qui. Fais-moi enfermer tout de suite, Guy ! »

Essayant de masquer ma peur face à cet athlète de trente ans, j'appelle les urgences. J'arrive péniblement à avoir une psychiatre. Elle me dit que, à Paris, elle est la seule de service et qu'elle ne peut se déplacer. Je dois donc assumer moi-même le transport de cet adulte très dangereux.

J'ai connu Yoann jeune, il y a plus d'une dizaine d'années. Un suivi chaotique ne nous a pas permis de faire un solide travail. Nombreux séjours en prison. Drogues multiples. Et surtout une dislocation lente de la personnalité.

Pris trois fois en otage dans notre permanence, j'ai dû tenir des heures pour apprivoiser un dément lâché en pleine nature.

« Comment as-tu fait pour me faire sortir ? m'a demandé Yoann étonné après m'avoir libéré.

– Je ne sais pas », lui ai-je répondu.

Au fond, je sais. À être resté toujours à ses côtés, en prison, à sa sortie ou au cours de multiples incidents de parcours, je demeurais sans doute le seul visage humain qu'il reconnaissait dans l'immense vide affectif qui était la cause cachée de ses dérives.

On démarre. Un de mes adjoints conduit ma voiture. Lui se tient à l'arrière. Je sais que chaque mot va peser très lourd. Sur des charbons ardents, j'assume un dialogue incohérent et, par moments, chaleureux. L'amitié qui nous unit revient par intervalles. Elle doit alors tout sauver.

L'entretien avec la psychiatre est rapide. Elle note qu'il « veut tuer très vite et n'importe qui », et qu'un placement immédiat en hôpital psychiatrique est impératif. Pour cela, il faut nous rendre chez un médecin dans un hôpital. Seul un docteur est habilité à demander l'hospitalisation en psychiatrie !

On repart. La tension augmente. Le premier hôpital nous dirige vers un deuxième qui accepte enfin la consultation. Trois heures que dure le calvaire ! Tiendrai-je ? Il le faut bien. Un incident très violent est évité de justesse à l'entrée du deuxième hôpital.

Yoann disparaît aux urgences. Ouf ! Je me réjouis d'avoir évité le pire. Voilà des mois qu'il traumatisait mon équipe.

Deux jours plus tard, il sonne à nouveau à la permanence ! Abasourdi, je le reçois. Le psychiatre, là où il était interné, a jugé qu'il devait sortir... Ce qu'on en a bavé alors !

Quelques incidents graves, sans mort d'homme heureusement, le conduisent régulièrement en hôpital psychiatrique. On le suit toujours. Zombi, éteint, hantant les trottoirs de Paris, Yoann revient régulièrement frapper à la porte de l'amitié.

Face à sa violence, nous n'avons que nos mains nues. Au fond, les urgences, pour lui, ce sont des oreilles et des cœurs.

Parcours du combattant

Alain sort de prison. Handicapé à la suite d'une tentative de suicide, il y a vingt ans, il a passé ses sept ans d'incarcération qui n'ont fait que détériorer un peu plus sa jambe partiellement paralysée.

Il fonce bien sûr, dès sa sortie de taule, pour me rencontrer. Je l'attends. Malheureusement, de nombreux bars jalonnent son parcours entre la gare Montparnasse et notre permanence !

Il m'appelle du dernier troquet. Je n'ai que cent mètres à parcourir pour le rejoindre. Il est plein comme une huître. Je tente un dialogue amical. Les propos qu'il tient sont à la fois incohérents et très chaleureux. Il me montre une liasse de billets qu'il avait réussi à économiser durant sa détention. Je l'invite à ne pas trop la montrer. Je tente de la lui prendre pour la garder en réserve. Il refuse. « Avec ça, j'ai de quoi vivre un mois », me dit-il. J'en doute.

Le lendemain, j'en ai la certitude. Il arrive, en effet, penaud et dessaoulé, sans un sou vaillant. Ses compagnons de beuverie l'ont évidemment délesté de son argent durant la nuit.

Il me montre le dossier de la Cotorep préparé en prison. Il lui permettrait de bénéficier d'une prise en charge suffisante pour vivre – petitement, mais vivre.

Le surlendemain il revient me voir, les yeux pochés. Son sac à dos lui a été volé. Il a tenté de résister. En vain. Cette fois, il n'a plus rien. Le dossier, évidemment, a disparu.

Je reçois peu après, dans un courrier, un amas de papiers sales et déchirés. Un anonyme a trouvé bon de mettre dans une enveloppe à mon adresse ce qu'il a trouvé de son dossier éparpillé sur les trottoirs de Paris. Bonne nouvelle pour faire accélérer une prise en charge par l'État.

Vous raconter notre tâche pour accéder, de services en services administratifs, à la personne compétente, est inutile. Quelques derniers détails croustillants, seulement pour vous décrire la finale de ce parcours de combattant. L'issue heureuse de nos démarches semble poindre. Il est convoqué dans un bureau à 9 heures. Il arrive éméché à 11 heures. La personne qui devait le recevoir pour un entretien lui dit son mécontentement. Elle se fait insulter. On se retrouve à la porte deux minutes après.

Il revient huit jours plus tard, clair cette fois-ci. Ouf ! La victoire est proche. Las ! Il a perdu, la veille, sa carte d'identité. On se retrouve, une fois de plus, sur le trottoir.

Ça fait plus d'un an qu'on a pris Alain en charge, en attendant que les démarches aboutissent. Il vit dans un hôtel proche avec des tickets-restaurant pour son alimentation et une carte téléphonique. Il m'appelle tous les jours. « Mon oxygène », me dit-il. Il fait la manche dans la station de métro la plus proche de notre lieu d'accueil. C'est le seul argent qu'il aura. Sa pension nous sera versée. Sinon, il la boirait à la santé de l'État qui ne s'en porterait pas mieux ! On cherche avec lui un travail bénévole à sa mesure.

Mille et un marginaux ont de tels destins. Perdus dans Paris ou autres lieux, suivis par de multiples instances et autant de personnes, ils errent interminablement. J'ai connu Alain alors qu'il avait dix-sept ans. Cela fait vingt-trois ans que je suis à ses côtés.

On ne sauvera des personnes humaines qu'en les suivant pas à pas. Trop vouloir faire, c'est ne rien faire. Toute tâche humaine et éducative cohérente, dans ce monde des marginaux, nécessite des êtres forts et des cœurs jusqu'au-boutistes. Et l'amitié qui va de pair avec un suivi humain acharné.

Inutile d'épiloguer sur le formidable gâchis de tant d'institutions qui veulent aider, mais qui ne peuvent le faire qu'accidentellement. C'est connu, les marginaux en tirent le maximum de profits. Mais ces institutions ne font que les précipiter dans l'abîme de leur extrême détresse.

Voir cet ancien, dont la tête sort enfin de l'eau, traîner aujourd'hui joyeusement son handicap, c'est, pour moi, rêver que de multiples personnes se lèvent pour ne jamais laisser sur la route un seul Alain.

Bernard et son lardon

Adolescent, il m'en a donné du fil à retordre, Bernard ! Vingt ans après, assis à ses côtés sous le ciel de Haute-Provence étincelant d'étoiles, je contemple furtivement son visage. Il a les yeux admiratifs du père découvrant son fils sur scène. Manu, son lardon, avec un aplomb étonnant, joue un sketch comique sur scène lors de la dernière fête de Faucon. Sa voix est vibrante, puissante pour ses treize ans. Il joue avec ses tripes et l'ovation à laquelle il a droit fait perler une larme sous la paupière de Bernard. « Là, il m'a étonné, Manu », me dit sobrement son père.

Le saccage de sa vie d'enfant et d'adolescent l'avait rendu muet, Bernard, quand, à dix-sept ans, je l'avais rencontré. Un sacré parcours nous a unis. Déchiré, donc très violent, il m'en a fait voir des vertes et des pas mûres. Il a épousé la fille du couple d'accueil qui le recevait. Je l'ai marié. J'ai vu naître ses gosses et les ai baptisés. Enfants, ils ont admiré les bêtes de la Bergerie. Jeunes ados, ils les soignent et viennent régulièrement participer à notre vie communautaire. Bernard me les confie l'espace d'un mois.

Ce n'est pas qu'il ne peut pas les éduquer. Bien au contraire. Mais il a tant aimé nos règles strictes et la liberté avec laquelle il a vécu lui-même l'aventure de Faucon qu'il veut en imprégner ses héritiers.

Il a sa maison et travaille dur. Il n'effacera sans doute jamais ses cauchemars d'enfance. Mais « ta vengeance », comme je lui ai dit un jour, « c'est ton couple uni avec tes deux lardons ».

Sacrée bouffée d'espérance pour moi. Je vois les fruits de la constance que j'ai assumée et de mon acharnement à ne pas laisser quelqu'un sur la route. Je n'ai pas la prétention d'en tirer une quelconque fierté quand je pense aux nombreux équipiers sans lesquels j'aurais baissé les bras.

Je n'aurais jamais pu suivre tant d'anciens si mon équipe n'avait été là, forte, participant à une aventure, la plus belle qui soit : celle de l'amitié qui soude des êtres, notamment quand tout semble perdu. De nombreux anciens venant avec leurs gosses ou ados, d'été en été et de plus en plus, cimentent tellement notre œuvre toujours titubante. Ils l'affermissent par leur présence.

« Tu marieras ma fille »

Dans l'avion qui s'envole vers Perpignan, je pense en souriant à l'ordre de Jean-Louis : « C'est toi qui marieras ma fille, personne d'autre ! »

On s'était perdus de vue depuis son mariage, il y a vingt-six ans. Il m'a appelé, il y a un an, pour que je bloque, toutes affaires cessantes, la date prévue du mariage de Stéphanie, sa seule fille. J'ai noté évidemment et religieusement la date proposée.

Au-dessus des nuages, je me souvenais du mariage de Jean-Louis et de sa belle. Du curé qui, à la dernière minute, m'avait refusé la porte de son temple pour un papier administratif oublié. De notre recherche d'une église où je pourrais entendre leur « oui » avec toute la noce qui suivait dans un joyeux tintamarre.

Je me souvenais, surtout, du fameux voyage aux États-Unis. Nous avions groupé nos économies pour vivre, avec ses potes adolescents de la rue, un rêve fou : aller à New York.

Je me souviens des deux tours de Manhattan devant lesquelles je les avais fièrement photographiés. Et du trou immense d'aujourd'hui qui a vrillé le cœur de millions d'humains, après leur disparition.

Jean-Louis n'a pas changé. Sa belle gueule s'est légèrement empâtée. Ses yeux aux éclats d'acier ont perdu de leur froideur glaciale. Sa femme a fait un sacré boulot en un quart de siècle ! Son regard le dit. Il est étincelant. La lumière se transmet toujours par l'amour.

Noces superbement préparées. Rien n'est trop beau pour la fille de Jean-Louis. Marche somptueuse jusqu'à l'église antique, perchée sur la colline. Orchestre gospel. Le père a fait fort et beau. Qu'elle est loin la HLM sordide où il a vécu dans le XIXe arrondissement de Paris ! Effacées les années noires quand, la nuit, je traînais mon blouson et mes santiags dans son quartier, où la violence était reine et l'arrivée de ma moto un signe d'espoir.

Le slow avec la mariée était trop court et la fête nocturne aussi, pour que je puisse savourer plus longtemps la joie de savoir qu'on peut tant compter dans la vie d'un être quand, à la fleur de l'âge, il est projeté dans l'enfer des rues. Et qu'on reste là, au cœur de sa détresse. Se baigner dans le regard si heureux de ses enfants est une bien belle récolte.

Mais Fred et tant d'autres m'attendent.

Fred

« Je te demande, Guy, d'aller chercher mes deux enfants dans le camion et de leur trouver des parents mieux que nous. On a essayé de les faire vivre mais on n'y arrive pas.

« Alors, prends-les. Pour nous, le temps de vivre est fini. »

Ces simples mots épinglés par un jeune couple à la dérive, il y a plus d'un an, sur la porte de notre Bergerie, ont mis en alerte immédiate la gendarmerie proche. Les deux enfants, pas du tout traumatisés car dénichés dans le camion abandonné de Fred, à cent mètres de l'appel au secours, ont été récupérés par nous dans l'heure. Les gendarmes ont fait fort, à cause de l'alarmante finale du papier. Hélicoptère et troupe ont ratissé en vain les gorges du Verdon.

Les médias ont sauté sur ce fait divers avec délectation.

Autre combat ! Faire relire interminablement à la presse le texte de Fred et de Peggy, sa copine, n'était pas évident. Les titres : « Gosses lâchement abandonnés », « Égarés dans la nature, des gosses... », etc. fleurissaient de journaux en journaux avec la promptitude qu'un fait divers inédit a le don de susciter. Faire rectifier les médias de multiples fois, tout en travaillant d'arrache-pied et dans la discrétion absolue pour retrouver la trace du couple, était ma tâche prioritaire.

Fred a pris très vite contact avec moi. Mais, apeuré par l'étalage médiatique souvent sordide, il refusait de se rendre aux autorités compétentes.

Deux mois auparavant, jeune ancien de la Bergerie, il avait tenté de s'installer avec femme et enfants dans le village tout proche, malgré ma réticence. Le manque de discernement du couple et le gaspillage des deux salaires qu'il avait gagnés en travaillant l'avaient conduit, à bout de souffle, à me confier ses gosses. Pas à les abandonner.

Sur mon insistance, il se résout enfin à se présenter au juge d'enfants de Digne. Incarcération immédiate des parents. Les gosses sont confiés à une famille d'accueil. Peggy est libérée très vite. Fred paie cher aujourd'hui, en prison, quelques délits antérieurs à cette fuite en avant. Le couple très jeune s'est disloqué. Peggy a retrouvé ses deux petits et Fred, incarcéré, n'a eu la permission de les voir que dernièrement. Un an après !

La presse est devenue muette sur ce fait divers. Les journaux, qui s'acharnèrent à m'arracher quelques bribes d'information pour régaler leurs lecteurs assoiffés d'inédit, sont partis depuis belle lurette à la recherche d'autres pistes plus alléchantes et donc plus lucratives.

Aider Fred à retrouver la liberté et à revoir ses enfants ne fait pas de bruit. Combien parmi les journalistes qui ont jeté en pâture les péripéties d'un couple paumé sont là, aujourd'hui, pour savoir au moins ce qu'il devient ?

Petite est notre Bergerie

Quand je pense aux sollicitations si nombreuses pour créer d'autres « Faucon », je me dis que les traces continuées de ce lieu de vie et sa multiplication sont uniquement dans les pas de chaque jeune qui nous arrive et qui repart plus fort et aguerri. Et nulle part ailleurs.

On ne reçoit pas dans notre Bergerie de la « viande » délinquante, à nourrir, vêtir, aider... pour l'oublier ensuite, quand elle se retrouve dans les hôpitaux psychiatriques ou les prisons. Seule et sans espoir.

On reçoit des êtres jeunes, perdus, au devenir souvent très difficile. Chacun compte infiniment. D'où leur petit nombre. Oh, que oui, on côtoie l'échec ! Il est rapide et souvent répétitif.

La sortie du tunnel, elle, est très longue.

Le taux de réinsertion qui m'est si souvent demandé au niveau social, je le vomis. Enfermer dans des statistiques les échecs et réussites humaines, c'est piétiner un peu plus la part de cristal de tout humain.

La puissance que tout être possède est phénoménale. Qu'il soit le pire ou le meilleur d'entre nous. Ça, je le sais et le crois absolument. Nous, les « guetteurs d'aurore » et « veilleurs de la nuit » à la fois, nous savons que notre combat est un corps à corps permanent. D'une dureté et d'une beauté inégalables.

Petite est notre Bergerie. Petite aussi est notre équipe. Mais quel étincelant témoignage peuvent porter mes vingt équipiers qui ne voient, dans celui qui est perdu, qu'un être de lumière en devenir. J'ose cependant affirmer que notre réussite humaine est de l'ordre de cent pour cent, si nous marchons, jusqu'au bout, avec ceux qui sont à bout de souffle.

Vous êtes grands, chacun...

Yoann, Alain, Jean-Louis, Bernard, Fred et tant d'autres, merci de m'avoir aidé à écrire ces lignes. Vous êtes infiniment précieux chacun, par vos déchirures et votre passé souvent effrayant et qui vous écrase.

Vous êtes grands, chacun, par le combat que vous menez en nous apprenant sans cesse à vaincre nos peurs et à être humblement prêts à subir à vos côtés ce que vous ne maîtrisez pas.

Vous nous poussez sans cesse à ne jamais désespérer de vous. Vous êtes aimés de nous sans mesure... à la mesure de ce que vous nous en faites baver !

Parce que nous savons que, de cette mort apparente où vous semblez vous complaire, nous sommes appelés à faire surgir sans cesse des hommes libres.

Nous sommes si peu nombreux à le croire !

Alors transmettez ce souffle qui vous anime et qui est passé en nous, comme raison de vivre et d'espérer, à celui ou celle qui me lira.

Cela pourra faire des petits !

« Il ne s'agit pas de faire nombre, mais de faire signe », disait Jean-Paul II, à Rome, à deux millions de jeunes, lors des JMJ de l'an 2000.

Oui, ce vieux routard connaît assez lui-même la puissance du témoignage pour croire que mettre « toutes ses forces et jusqu'au bout au service d'un humain, c'est sauver l'humanité ». (Le Coran l'affirme aussi avec la même force.)

C'est le « Patron » de Jean-Paul II, qui est aussi le mien, qui le lui a transmis. Je ne fais que tenter de le vivre. Et, par ces lignes, de vous le transmettre à mon tour.

QUATRIÈME PARTIE

Apprivoiser

La violence, une mode ?

La horde dévale les pentes. Ivres de neige et de ski, les jeunes s'en donnent à cœur joie. Ils ne veulent gaspiller aucune minute de cette glisse. J'en profite autant qu'eux, avec la prudence que mes muscles de sexagénaire exigent.

« Ils sont sympas, vos jeunes ! » me disent et redisent les perchmans.

En effet, d'autres hordes sont passées avant la nôtre. Je comprends leurs louanges. Ce n'était que batailles autour des remonte-pentes, violences dans les appartements, loués pour deux personnes et où s'entassaient une douzaine de jeunes...

Les renforts de police essaient d'endiguer cette violence nouvelle exportée des banlieues. La neige ne semble pas calmer ce qui devient un moyen d'expression relayé partout. Pire, une mode.

Brûler un max de bagnoles pour les fêtes, c'est très tendance. À 2 heures du matin, mettre la sono à fond la caisse, dans des immeubles communautaires où les gens veulent n'entendre que le bruit des flocons de neige, c'est du dernier chic...

Malheur alors aux passionnés du silence. Leur réaction ne fera qu'exacerber les fouteurs de merde. Oser dire « ça suffit » à ceux qui s'éclatent sans frein ne pourra évidemment que déclencher les représailles.

« Sauvageons » ? Même pas. « Cas sensibles » ? Pas du tout. Jeunes de banlieue seulement. Et nullement fauchés. Ils veulent « s'amuser ». Sans plus.

Depuis trente-deux ans, dans les Alpes de Haute-Provence, chaque hiver, le camp de ski reste au hit-parade des sorties de nos jeunes. Les consignes sont strictes au départ : « Aucune incivilité n'est permise. » On part s'éclater « ensemble ». Toute violence stoppera *immédiatement* les descentes vertigineuses qu'ils adorent. Se coucher pas trop tard pour être « en forme ». « Toute sortie est encadrée »...

Camps de rêves.

Souvenir ému du premier camp, en 1970, avec des loubards parisiens tout neufs face à mon inexpérience.

J'avais passé plus de temps dans les commissariats de la station que sur les pistes de ski. Mais, lors de ces moments inoubliables, j'ai appris que, si la violence des jeunes avait quelque raison d'être, elle était parfaitement gérable pour qui veut appeler des adolescents à vivre, un jour, en paix avec la société.

Cette première expérience a été décisive.

On s'éclate ! Soit. Mais s'ils sont venus pour faire

chier les gens, alors direction la gare pour stopper le camp de ski dans l'heure.

Et si on inculquait à nos chérubins que le respect est le plus beau nom de l'Amour... en en prenant les moyens !

Parades à la violence

Je ne résiste pas à l'envie de vous narrer cette belle histoire dont l'issue heureuse permet de voir qu'elle aurait pu virer au drame sans la parade remarquable de la victime.

Une femme d'une trentaine d'années venait de perdre son mari, mort d'une leucémie foudroyante.

Repliée sur elle, à la suite de ce deuil brutal, elle décide après plusieurs semaines de sortir de chez elle pour faire des achats.

Dans l'immense magasin, elle cherche ce qu'elle désire. Trois jeunes adolescents s'approchent et la harcèlent sournoisement.

Elle sort très vite du centre commercial.

Au bout de cinq minutes, elle s'aperçoit qu'elle est suivie par le trio qui l'avait forcée à quitter le lieu de ses achats.

Paniquée, elle prend une route sans issue. La voiture suiveuse est toujours là.

La jeune femme s'arrête. Les mains sur le volant, dans son désarroi, elle prie Dieu.

Elle m'a écrit : « Et puis, je me suis souvenue de

tes livres, Guy, que j'ai tous lus. Tu disais que, face à la violence, le pire souvent c'est de fuir. Alors, j'ai fait front. »

Brutalement, elle sort de sa voiture et s'avance rapidement au-devant des jeunes qui quittaient la leur.

Elle les interpelle : « C'est facile de harceler une femme seule... et à trois en plus. Vous devez avoir bien souffert pour faire ça. Mon mec est mort il y a deux mois. Moi aussi, je souffre. »

Les jeunes, décontenancés, se figent.

La femme reprend : « Allons boire ensemble un pot ! »

Chacun remonte dans sa voiture, direction le bar le plus proche.

Une discussion amicale permet à la femme d'entendre qu'elle devait « passer à la casserole », mais que les jeunes, soufflés par son culot, ont renoncé à leur acte criminel.

Magnifique parade face à une violence soudaine, qui a évité deux drames dont on ne se remet pas. Le viol et la prison.

C'est l'histoire d'une bonne sœur, octogénaire, prenant rituellement le métro aux mêmes heures pour la même direction.

Elle constate, depuis un certain temps, qu'une bande de jeunes harcèle systématiquement les passagers de la rame.

Insultes, légères agressions, exigence d'argent et surtout de cigarettes.

L'un des assaillants proclame qu'il fume des Camel longues avec filtre en jetant à la gueule d'un passager les Marlboro qu'il lui tend.

La bonne sœur qui a gardé intacte son ouïe repère la marque de cigarettes et va chez le buraliste pour en acheter un paquet.

Je vois d'ici la gueule du commerçant pensant, par-devers lui : « La religion est en train de changer à toute vitesse... ! »

La religieuse, traditionnellement, reprend son métro à la même heure pour la même direction.

Bien sûr, la bande est là, tous crocs dehors pour emmerder les gens de la rame.

Passant devant la bonne sœur, les jeunes la zappent avec la rituelle réflexion : « Une bonne sœur, ça fume pas. – Si ça fume ! » Et elle tend un paquet de Camel longues avec filtre.

Cassés les jeunes !

Ils s'assoient à côté de l'octogénaire et fument avec joie le paquet offert.

La scène se déroulera plusieurs fois, toujours à la même heure et dans la même direction.

Un dialogue fort et fraternel s'instaure entre la religieuse et ses ouailles apprivoisées, le temps de quelques stations.

Des jeunes agressifs, violents, ne résistent jamais

au regard accueillant de celui ou celle qui sent bien qu'ils ont manqué de l'essentiel : être écoutés.

Pour certains de mes gaillards, l'écoute n'est pas du tout suffisante. Ils ont atteint un tel niveau de violence qu'il ne suffit pas d'un paquet de cigarettes pour stopper leur agressivité.

L'un d'entre eux, perdu parmi une bande spécialisée dans le racket des touristes, se faisait des couilles en or en agressant et « faisant saigner » les pauvres touristes qui garderont un souvenir inoubliable de leur visite de la capitale.

Lassé d'être obligé de partager le butin récolté chaque soir, il décide de travailler à son compte. Je tente de l'en dissuader. La prison ne semble pas l'inquiéter. Inutile pour moi d'épiloguer sur le respect dû à toute personne. Il y a longtemps qu'il n'a qu'une seule idéologie : la loi du plus fort.

Son père la lui a apprise en le frappant tout petit et durant toute son enfance jusqu'au moment où l'adolescent a failli tuer son paternel... en devenant ce jour-là le maître de la maison.

Je revois ce jeune quelques jours plus tard. Il est en piteux état.

Je lui demande s'il est passé sous un train ou si un ours l'a attaqué. « Non, bien sûr, me dit-il. Je te l'avais dit, je voulais travailler à mon compte. Je suis tombé sur un touriste avec sa mallette. Ce mec, apparemment, ne pesait pas lourd. Manque de pot, ça devait être un champion de karaté. J'ai cru que j'allais y passer.

« J'arrête et je me range... »

Bienheureux cinquième dan d'un sport que j'ai pratiqué ! Il a sauvé mon gars.

Cette belle histoire m'a été racontée par une ancienne.

Attaquée par un jeune d'origine arabe et s'acharnant à vouloir sauver son sac à main, elle eut tout à coup l'inspiration suivante :

« Qu'est-ce que ton Dieu, Allah, pense de ce que tu me fais ? »

Le jeune, interloqué, lâche le sac et la bonne vieille repart avec son trésor sauvé, *in extremis*, par sa divine réplique.

Terminons par ce qu'a vécu Lucette, l'une de mes adjointes.

Dans le métro bondé, alors qu'elle était agressée par de jeunes merdeux qui la piquaient et l'insultaient, personne dans la rame n'a bougé.

Cette dernière histoire s'adresse à toi qui me lis.

Ta complicité du silence est criminelle. Regarder les mouches voler (surtout en plein hiver) est la parade nauséabonde du Parisien moyen qui refuse de se mouiller... et sera à son tour anéanti le jour où il vivra la même chose.

Un cri de protestation, deux cris et tous les cris de

tous ceux qui assistent à l'agression sont une parade sans risque mais pas sans résultat.

La faiblesse des jeunes agresseurs est immense. Ça, il faut le savoir. Leur force vient, en grande partie, de notre silence, de nos yeux qui se détournent et de nos oreilles qui n'entendent rien.

Alors, ouvrons les yeux, débouchons nos oreilles et agissons.

L'éducation n'est pas réservée aux seuls assistants sociaux.

Chacun et chacune d'entre nous peut, un jour ou l'autre, se trouver en position de réagir face à la violence.

Rien n'est évident.

Un peu de bon sens, un réflexe communautaire de solidarité... et un peu de souffle de l'Esprit-Saint peuvent nous aider à réagir et à dire « non ».

On ne repartira plus, alors, du lieu de violence où l'on n'a pas réagi avec le remords d'avoir laissé faire, en abandonnant une victime doublement abîmée par les agresseurs et... surtout par notre silence.

Le miracle des clefs !

Olivier commençait, depuis longtemps, à nous courir sur le haricot. Insupportable, il s'amusait à contester toute règle établie.

Chaque père ou mère doit s'armer face à l'attaque systématique de son rejeton découvrant le monde et s'y installant avec une tyrannie passagère.

Mais quand un jeune loubard a derrière lui quatorze ans de totale liberté, c'est la tyrannie à l'état absolu. Un calvaire garanti auquel nous sommes habitués. C'est dans cet état, brut de décoffrage, que nous les accueillons.

Un soir de réunion où Olivier avait poussé à bout toute la communauté, excédé et sans réfléchir, je lui jette mes clefs à la gueule : « Tu pisses sur toutes nos règles et, en prime, tu joues à la victime. Alors, prends la communauté en charge. Moi, je démissionne. »

Interloqué, Olivier ne dit mot. Il tient mes clefs dans ses mains. Je réfléchis quelques secondes en attendant sa réaction. Doucement, il tente de me les rendre. Je les refuse en décidant d'aller jusqu'au bout de mon geste.

« Olivier, à partir de ce soir, tu diriges la communauté ! Tu connais nos règles. Alors, fais-les appliquer. À partir de maintenant, tu es le chef. »

Et Olivier se retrouve chef de communauté, sans préparation, aidé seulement par l'adulte qui dirige l'ensemble de la communauté.

Dès mon lever, Olivier m'attend. Traité de tous les noms par ses copains, il prétend que son rôle de chef est entaché par les insanités déversées par les jeunes, ravis de lui rendre la monnaie de sa pièce. Effectivement, auparavant, il insultait du matin au soir tout jeune bipède passant à sa portée. Il recevait ce qu'il méritait.

Je rassemble d'urgence toute la bande. Avec un humour féroce, je demande avec solennité aux jeunes de respecter leur nouvelle autorité. Ce qu'ils font, bon gré mal gré.

Prenant à part Olivier, je lui rappelle mes multiples mises en garde quand il déversait avec une énergie inépuisable les « fils de pute », « pédé » et autres amabilités à ses copains. Ce qui rendait évidemment invivable leur cohabitation.

Voir Olivier mesurer son langage, gérer les journées toujours lourdes d'incidents, interpeller mes adjoints avec un respect qui, d'un seul coup, nous sidérait, me conduisit tous les étés suivants à confier la responsabilité de la communauté à chaque jeune à tour de rôle.

Certains, effacés, s'avèrent d'un seul coup des leaders hors pair. D'autres, tentant de reconstituer l'image des petits chefs de leur cité, en bavent. L'exemple du leadership, écrasant et tyrannique, est le seul modèle qu'ils ont en mémoire.

Ils découvrent tous l'art difficile de commander, décider, animer une équipe dans le respect qui est la base de notre idéal de vie. Beaucoup ne dépassent pas quatre jours, alors qu'au départ ils annoncent un règne illimité. Je leur laisse le choix de démissionner quand ils le veulent.

Ils ont conscience enfin, et pour la première fois, que diriger c'est servir. Que commander exige une grande humilité. Qu'être chef, c'est vouloir être d'abord exemplaire.

Chaque été, nous assistons à ce miracle éducatif où des jeunes très difficiles apprennent que l'autorité est un service aussi difficile qu'éminent. « Merci, Olivier, de m'avoir obligé à te jeter mes clefs en pleine gueule, un jour de ras-le-bol ! »

Parents, sans aller jusqu'à jeter vos clefs en pleine face d'un de vos drôles, tentez cette aventure. Et vous verrez combien ils apprennent vite ce que vous essayez péniblement de leur faire comprendre.

Leurs larmes de gosses

Il est là devant moi. Et il pleure. Ses larmes d'ado me font vaciller. Ces perles de cristal qui coulent lentement, combien en ai-je vu dans ma carrière d'éducateur !

Désiré venait, deux minutes auparavant, d'insulter mes adjoints. J'arrive sur le fait. Il réitère ses insultes, précisant qu'elles ne m'étaient pas adressées personnellement.

Pour éviter la surenchère verbale qui peut l'exclure de la communauté dans l'heure qui suit, je le prends à part. Quand je lui demande ce qui se passe, il éclate en sanglots. C'est sa réponse d'adolescent tant battu durant son enfance et maltraité à l'extrême.

L'adulte reste toujours pour lui un ennemi. Même si, en quatre mois, dans notre Bergerie il a fait des progrès étonnants.

Exclu de partout, sautant auparavant sur tous les éducateurs – une phrase de trop, un regard qui ne lui plaît pas peuvent le faire exploser –, on n'a eu que très peu d'incidents avec lui depuis qu'il nous a été confié.

Je le calme doucement et il repart pour s'excuser auprès des deux personnes qu'il a offensées.

D'autres visages m'apparaissent au travers de celui de Désiré. Ils ont beau avoir des carrures d'athlètes, des traits durs qui respirent parfois tant de haine, ou avoir commis des actes très graves, il m'arrive toujours, durant mes années d'accompagnement, d'être profondément ému par leurs larmes.

Souvent à la suite d'un affrontement physique. C'est presque un rituel. Me bravant, ils m'obligent à faire respecter par une rude empoignade le feu rouge qu'ils ont dépassé. Le moment physique est très fort. Stoppés, ils éclatent en sanglots. Sous leur écorce si rude apparaît, peu à peu, l'enfant qu'ils n'ont jamais pu être.

Leurs larmes disent tout. Elles authentifient leur innocence retrouvée et la confiance qu'ils me font. Elles sont perles inestimables pour moi.

« Aimez ce qu'ils aiment »

Cette phrase de Don Bosco est l'une de celles qui m'ont le plus marqué dans ma vie d'éducateur. Aimer ce que les jeunes loubards aiment ne m'a pourtant jamais paru évident.

Avec le recul, ce conseil qu'il ne faut surtout pas prendre au premier degré est fort judicieux. Le discernement et la prière devant illuminer ce précepte éducatif.

Le curé d'Ars affirmait que les jeunes qui allaient au bal couraient tout droit en enfer. Je suis entré jusqu'au cou dans la fournaise infernale des boîtes de nuit... dont j'ai horreur.

Entendant mes jeunes dire, alors qu'ils envisageaient d'aller dans les boîtes de nuit : « Ça va saigner », j'ai décidé de les accompagner pour voir et comprendre.

J'ai vite vu et compris que leur appétit de violence les poussait à l'affrontement. L'alcool étant leur arme préventive.

J'ai décidé alors de retourner avec eux dans ces lieux de perdition, mais à la condition que je paie moi-même les boissons... non alcoolisées. Sauf la dernière, juste avant de partir. Miracle ! Pas de bagarre. Pas de sang. Et mes jeunes, ravis, quittent la boîte de nuit étonnés que la soirée finisse dans leur plumard et non pas dans les paniers à salade, direction la garde à vue.

Dernièrement, j'étais dans un casino de la Côte d'Azur avec un de mes anciens. Je le regardais de loin, les yeux fous, rivés sur les manettes, dans l'attente du bruit enchanteur des pièces qui tombent.

Le laisser seul avec ces machines diaboliques, il n'en était pas question. Être là pour sonner l'heure de la retraite et l'en arracher fait parfois partie de ma tâche éducative.

Pour les mineurs, me perdre dans les salles emplies de jeux vidéo est aussi une de mes priorités... et un calvaire. Être avec mes jeunes « scotchés », comme ils disent, à ces jeux plus ou moins destructeurs mais qui les fascinent nécessite une présence éducative forte pour les éclairer et... là aussi sonner vite l'heure de la retraite.

Ni systématiquement opposé, ni aveugle et encore moins complice, être présent dans ces lieux que nos jeunes affectionnent mais où ils risquent de se perdre, c'est vraiment les aimer.

Don Bosco avait raison. Le curé d'Ars ne m'en voudra pas...

Des moines à « Faucon »

Voir arriver à notre Bergerie de Faucon les moines provençaux et cisterciens de Ganagobie, en rangs serrés et en soutanes comme « gilets pare-balles », a été pour mes jeunes loubards un grand événement. Surtout que certains, parmi les contemplatifs, avaient des têtes de gangsters.

Les regarder célébrer la messe avec la componction monastique habituelle et, ensuite, les voir se déshabiller et se mettre en tenue de travail pour soigner buffles, kangourous, daims, sangliers et autres bestioles fut un enchantement pour nos gars.

Les moines ont été pour nos jeunes une très belle découverte. La vision des canetons (les moines) derrière la cane (le père abbé), n'a pas déparé par rapport à ce que vivent mes loubards vis-à-vis de mon humble personne.

Je suis leur père abbé et ils respectent infiniment mon siège abbatial. Qu'il est imprudent, le môme arrivant à Faucon et s'asseyant sur mon siège sculpté dans un tronc d'arbre par un ancien loubard ! Vidé, le mec, vite fait bien fait.

Le problème est que je n'ai pas la sainteté du père abbé de Ganagobie... Je n'en ai que le siège.

Le frère Hervé, un jeune postulant, me demande : « T'arrive-t-il parfois de frapper ?

– Bien sûr que je cogne parfois un de nos "sauvageons", quand il me manque de respect ou qu'il fait une sale connerie. Les mots et les gestes de ces jeunes sont violents. Répondre à la violence est l'unique antidote qui me permette de leur dire : Ça suffit ! Je vois difficilement votre père abbé cogner fraternellement un moine qui dérape. À chacun sa technique... »

Je frappe toujours avec « amour ». Une droite évangélique dans la gueule n'est pas inintéressante pour eux. Ils ont été frappés pour rien : des parents qui les ont matraqués pour se défouler. Des flics qu'ils haïssent et qui, souvent, le leur rendent bien. Mais une réponse parfois violente, ils l'acceptent. Ils savent inconsciemment que c'est le seul moyen d'arrêter leur violence.

Trente-neuf ans à leur service m'ont indiqué la voie royale de l'amour : me servir de leur propre violence pour leur indiquer la route.

Savoir dire « non », parfois durement, est un impératif éducatif que toute famille devrait avoir chez elle en exergue, écrit noir sur blanc.

Exergue à mettre sur le réfrigérateur pour que vos chérubins puissent le lire chaque fois qu'ils ouvriront la porte de toutes leurs convoitises.

Des clones et des jumeaux

Le souvenir inoubliable que j'ai d'eux, lors de notre première rencontre, ce sont leurs deux visages parfaitement identiques. Étendus sur des lits jumeaux, ils me regardaient, impassibles. Leur ration de drogue, ce jour-là, était telle que leur regard semblait contempler en moi un extraterrestre. Je ne savais pas quoi dire, interloqué par leur silence.

D'un seul coup, ils éclatent de rire. La tête énorme de mon chien, qui était entré doucement dans la chambre, a provoqué chez eux une hilarité inextinguible.

Rien n'a été exprimé d'autre que leurs yeux vides et leur rire éclatant.

Quelque temps plus tard ils acceptaient, à la demande du juge, de me suivre. Une grave déchirure familiale les avait poussés aux extrêmes de la délinquance. Un lourd parcours de combat commençait.

Philippe et Stéphane allaient vivre une superbe aventure à mes côtés. Impossible de les dissocier l'un de l'autre ! Je découvrais la magie communicative et unique qui lie les jumeaux. Complices absolus, osmose unique.

J'étais obligé, au plan éducatif, de les séparer. Ils allaient chacun à leur tour passer un mois à la Bergerie de Provence. Ensemble, impossible de les faire progresser. Donc un mois chacun à la Bergerie, à tour de rôle.

La drogue qui les envahissait disparut. L'un d'eux arrêta même de fumer pour faire un cross matinal de six kilomètres. Ce qui était totalement inédit. Ardents au travail, sportifs accomplis, ils bossaient dur et progressaient étonnamment.

Intelligents, très intuitifs, ils possédaient une richesse de cœur profonde. Une amitié forte me liait à eux.

J'admirais ce chef-d'œuvre que sont les jumeaux et m'amusais du parti qu'ils pouvaient en tirer. Nantis d'un seul permis, ils conduisaient tous les deux, les flics ne voyant que du feu. Les femmes qu'ils avaient dans leurs lits ne s'apercevaient jamais que c'était l'« autre » avec lequel elles couchaient.

Un soir de Noël, Philippe est parti dans le Royaume de l'Amour. Une overdose qu'il n'a pas voulue l'a fait entrer dans l'éternité.

Steph est resté en vie. Un amour l'a sauvé du départ de son frère. Ce qui est un miracle, vu les liens fusionnels qui l'attachaient à son jumeau.

Je reste en relation avec lui. L'amitié étant pour Steph au-dessus de tout. Parfois, je l'appelle maladroitement « Philippe ». Alors il sourit, heureux que je lui rappelle son frère, son complice et son seul ami sur Terre. Dieu veille de là-haut sur le modèle parfait qui reste parmi nous.

J'ai appris à leur contact, unique pour moi, l'absolue inutilité des clones. La nature, en créant des jumeaux, nous prouve l'humour de Dieu qui, sans artifice, émerveille ceux qui les regardent simplement vivre.

CINQUIÈME PARTIE

Le vent de l'Esprit

[illegible]

Le célibat, mystère d'amour

Comme il est dur le chemin des prêtres, aujourd'hui ! Attaqué, vilipendé, sali, notre célibat qui est pour tant d'entre nous une magnifique histoire d'amour est à la une des discussions touchant à l'Église.

J'ai refusé plusieurs échanges télévisés sur ce sujet. Jeter, face à une caméra ou un micro, le mystère d'amour du célibat le rend, à mon sens, un peu plus incompréhensible quand on oppose, comme d'habitude, les « pour » et les « contre ».

Ce que vit intérieurement le prêtre, dans le don total de sa vie au service de son peuple et de l'humanité, est intraduisible par la parole. Seule sa vie, offerte au vu et au su de tous, donne une pleine signification de sa complète disponibilité et de sa présence soudée totalement au Christ Lui-même.

Étrange, la réflexion de ce chrétien ami peu favorable au célibat et qui, voyant son prêtre quitter le ministère, déplorait devant moi : « Les autres, oui. Mais pas lui ! »

« Lui », son prêtre, avait été son père spirituel et un exemple de don, comme tant d'autres. Il n'avait pas besoin de l'expliquer, son célibat. Il le vivait et son paroissien le « dévorait ».

D'où le choc de son départ !

Chrétiens, vous avez le devoir de défendre votre prêtre dans son célibat qui est « don pour vous ». Si vous entretenez la critique facile en le contestant, vous n'aiderez pas celui qui tente bellement de vivre, à votre service, un des plus grands trésors de l'Église.

Que l'Église, un jour, autorise la prêtrise pour des militants catholiques mariés formant des couples solides, ayant passé les caps les plus difficiles, elle peut le faire. « Non pas pour des raisons sociologiques mais spirituelles », disait dernièrement le cardinal Philippe Barbarin dans une interview à *Paris Match*.

Mais que l'Église donne le choix du mariage ou du célibat à l'adulte, juste sorti du séminaire, ne semble pas remédier à la carence des prêtres. Un jeune couple est trop fragile (aujourd'hui tellement plus qu'hier) pour revenir sur la loi du célibat à cette étape de la vie. Qu'un jeune adulte choisisse le célibat pleinement et en toute conscience est sain. Si l'appel au mariage le dévore, qu'il se marie. Il peut si l'Église le permet être prêtre marié, de nombreuses années plus tard.

Le don d'une vie entièrement vouée au service du Christ et de son Église reste toujours d'actualité. Fascinante aventure qui demande une préparation solide et éclairée. Et un choix précis, mûri et délibéré.

Le célibat bien vécu est un des signes les plus forts pour le monde d'aujourd'hui, même s'il le conteste.

Si d'autres chemins s'ouvrent à l'Église pour que l'Eucharistie fleurisse partout, prions ardemment pour qu'elle les trouve.

En attendant, la consigne du Christ demeure, plus que jamais, pressante et urgente : « Priez pour que le Maître de la moisson envoie des ouvriers dans son champ. »

De saints ouvriers seront la réponse la plus convaincante pour le monde.

Parole d'Église, parole de trop ou silence de miséricorde ?

Que l'Église soit contre l'avortement, sans nuance, je suis absolument d'accord. Parce que c'est justement la nuance qui fera que son message ne sera pas entendu et même traîné dans la boue ou pire : on profitera de la nuance pour détourner complètement le message initial.

Je m'explique : le « respect de la vie » que prône Jean-Paul II est inestimable pour le monde d'aujourd'hui ; il le fait sans nuance.

On le dit inhumain. Sa parole mondiale trouve le même écho dans le palace d'un roi ou dans la favela d'un Sud-Américain.

Cette parole planétaire ne peut pas être nuancée ; sinon, elle est défigurée. S'il y a nuance dans ces cas précis, on se servira de ces fameux cas pour détruire le message de vie de l'Église, puisé dans l'Évangile.

En revanche, que l'Église se taise dans les cas extrêmes. Son silence ne sera pas complice, mais fera comprendre que la fille violée et enceinte ne peut, ni physiquement ni psychologiquement, accepter le choc du viol.

Dans mon métier d'éducateur, j'ai été témoin de suffisamment d'horreurs quand des filles ont été violées par plusieurs sexes en forme de couteaux, pour comprendre que ces femmes sont incapables de garder le fruit de ce saccage. J'ai pu, par miracle, sauver quelques enfants issus d'un viol. La plupart du temps, la fille décide de tuer la vie en elle pour supprimer la vision d'un moment d'horreur. Et je le comprends parfaitement.

Mon silence devant la fille qui s'est fait avorter n'est jamais complice mais, au nom du Christ crucifié, il est ma participation à sa souffrance indicible.

L'euthanasie se situe dans la même ligne : je suis d'accord avec l'Église pour ne pas supprimer des vies humaines en les achevant sciemment ; qu'elle le crie, je suis d'accord.

Mais qu'elle la ferme quand, à bout de souffrances, une personne a décidé de se supprimer ou de se faire supprimer.

Vincent, le jeune accidenté vivant depuis des années une atroce existence, voulait la mort. Sa mère et le médecin la lui ont donnée. L'affaire s'étale dans tous les journaux. Que l'Église se taise dans ce cas d'espèce, trop exceptionnel pour que la loi morale ecclésiale réaffirmée ne soit blessure.

Cette Église, médecin du corps et de l'âme, légifère, normalise et elle a raison. Mais devant tant de souffrances, que son silence soit le signe de sa miséricorde au nom de Dieu.

Que l'Église, dans la guerre du Kosovo, dise

qu'elle n'était pas d'accord avec les pilules abortives données aux femmes, notamment musulmanes, violées, était une parole de trop. Surtout quand on sait que la femme violée, dans la société musulmane, est écartée définitivement de la famille et condamnée, inexorablement, à la prostitution.

Dans ce cas de figure, la femme-victime le devient doublement... Dire à ce moment-là qu'on est contre la pilule abortive, c'est tuer une seconde fois.

Puisse la tendresse de l'Église dire haut et fort qu'elle est médecin de l'âme et du corps jusqu'au bout ; mais qu'elle puisse, aussi, se taire devant des cas extrêmes.

Difficile acrobatie : mais le monde de la culture de la mort, auquel nous ne devons pas plaire, doit savoir que nous voulons rester les champions de la Vie et le clamer. Même si, par moments, il vaut mieux se taire, tout en restant à côté du souffrant.

Messe sans prêtre

Paul, curé de montagne, est un prêtre avisé, soixante-quinze ans. Bon skieur, amoureux de son jardin et apiculteur distingué, il sait que la relève ne se fera pas après lui. Il anticipe donc son départ.

Ce samedi-là, c'est Juliette et ses copines qui rassemblent la petite communauté sans prêtre. Sauf que, de passage en camp de ski, je suis là serré au milieu des anciennes. Elles sont la force tranquille à la fidélité indéfectible.

Il me faut laisser Paul cheminer avec son peuple. J'assiste donc, ravi de cette première, à cette liturgie « sans prêtre », préparée avec minutie.

Des milliers de petites communautés maintiennent ainsi la vie spirituelle qui doit continuer quand les prêtres se font rares.

« Quand vous êtes réunis en mon Nom, je suis au milieu de vous », a dit le Christ. Le Christ est là. Juliette nous le donne, après les textes médités.

La communauté reste vivante, solide, accrochée à ces montagnes des Alpes du Sud où la foule des citadins envahit la neige qui est trésor pour les gens du terroir.

Seuls, les enterrements rassemblent les vivants

dans une église comble ! Le reste du temps, le grand vaisseau du temple accueille un petit troupeau joyeux, dynamique et âgé.

On peut, en se lamentant, palabrer à l'infini sur la pénurie de prêtres, qui se fait criante. On peut regretter le bon vieux temps où chaque village avait son curé et son vicaire. On peut lancer des campagnes de sensibilisation. On peut suggérer que des hommes mariés prêtres assument, dans l'urgence, la mission incomparable de faire l'Eucharistie.

Le Christ, Lui, nous suggère une seule voie : « Priez donc le Maître de la moisson d'envoyer des ouvriers dans son champ. »

Une prière pressante, quotidienne du milliard de chrétiens, obéissant strictement au seul commandement du Christ : « Priez », suscitera les pasteurs dont nous avons besoin.

Osons cette prière ! En famille, en groupe, en paroisse, ou seul. Avec l'audace ordonnée par le Christ. L'évêque de Digne, en visite « ad limina » à Rome et parlant au pape de son diocèse sans une seule relève, a rapporté ces deux seuls mots du vieux pasteur à bout de souffle : « Vocations, familles ! Vocations, familles. » Il sera, alors, impossible que Dieu nous laisse sans prêtres. La relève, chacun d'entre nous en a la responsabilité. « En attendant, Juliette et tes copines, vous êtes braises. »

Le vent de l'Esprit se chargera, par nos prières, de mettre le feu. Pour que l'Amour descende par toute la terre.

« On n'a pas la même gueule »

Jamais, peut-être, les multiples et différents visages de l'Église ne me sont apparus avec une telle fulgurance, dans la basilique Saint-Pierre, lors de l'ordination épiscopale de Renato Boccardo, prêtre italien.

C'est un beau gosse, Renato. De plus, sa mèche blanche perdue dans sa chevelure de jais est archiconnue. Son visage, hiératique et jeune à la fois, est apparu en effet de multiples fois, aux côtés de Jean-Paul II dont il était un des cérémoniaires pontificaux.

Renato nommé évêque, j'ai bondi à Rome, toutes affaires cessantes, pour assister à son ordination. Patrick Jacquin, archiprêtre de la cathédrale de Paris, grimpait dans le même avion.

Avec Renato et Patrick nous sommes trois larrons qui se sont reconnus sur les routes du monde où Jean-Paul II entraîne des millions de jeunes.

Patrick et Renato ont eu des postes de grande responsabilité, au cours de ces immenses transhumances juvéniles. Quant à moi, je traîne mes santiags avec quelques loubards à chaque rassemblement où le pape nous invite.

Nous nous sommes connus sur le terrain des JMJ. Une amitié fidèle et forte nous unit depuis longtemps.

Renato sert l'Église à la Curie romaine, une des plus grandes et périlleuses bureaucraties du monde.

Patrick, dans une des plus prestigieuses cathédrales de la planète, participe au difficile service des centaines de milliers de personnes qui, chaque année, visitent, admirent et aussi tentent de prier dans le vaisseau gothique.

Enfin, ma mission d'éducateur spécialisé me situe au milieu de la violence juvénile.

Trois missions au cœur de l'Église.

Si mon blouson noir détonnait au côté de la soutane violette de Renato et de la dignité « archiprêtrale » qui drape Patrick, nos trois combats se situent au service de l'Amour.

La passion des jeunes qui nous réunit suffit à nous faire aimer l'Église et à jeter toutes nos forces à son service.

Nos visages différents et nos looks contrastés ont fait dire à Mgr Renato, fin connaisseur de mes livres, cette phrase que j'aime tant : « On n'a pas la même gueule, mais c'est la même Église. »

Qui est la brebis perdue ?

L'Église, forte de son milliard de chrétiens, cherche très loin d'elle ses fameuses brebis perdues, vers lesquelles elle se doit d'aller en priorité. Mais prend-elle le risque de les chercher tout près ?

L'évêque paumé dans son diocèse, muré dans ses seules certitudes et coupé de son peuple, en prônant une pastorale dirigiste qui divise ses prêtres, n'est-il pas la brebis perdue de l'Évangile ?

Le jeune prêtre priant, enfermé dans des lois ecclésiastiques, nécessaires certes, mais qui, appliquées sectairement, font fuir l'Église, ne fait-il pas partie des brebis perdues ?

Le fringant vicaire, passionné par sa tâche ecclésiale, mais jetant aux orties bréviaire, chapelet et retraites, se perdant dans de multiples activités qui n'ont, comme justification, que le mot « apostolique », n'est-il pas à mettre dans le troupeau des brebis qui se perdent ?

Le prêtre brillant, coqueluche de sa paroisse, vivant secrètement le drame d'un célibat qui n'a pour lui plus de signification, n'est-il pas une brebis égarée, sans que personne en ait conscience ?

Le croyant non pratiquant, lui, sait qu'il est une brebis perdue ! Aussi paumé lors du baptême, simple rituel exigé pour ses enfants, qu'au jour de son mariage religieux vécu comme un sacrement de surface, il se rend compte que tout cela ne colle pas avec ce qu'il voudrait faire et vivre.

Quant au militant estimant que, seule, sa sensibilité chrétienne, incarnée dans son mouvement ecclésial, est la vérité, il se plante sans savoir qu'il est une brebis qui se fourvoie.

À partir du moment où chacun d'entre nous se considérera comme une brebis perdue, l'Église ira de l'avant, se remettra en cause et perdra de sa superbe de brebis grasse. Elle sera évangélique jusqu'au bout des ongles, cette Église-là.

Quant à moi, à la tête d'un immense troupeau de brebis perdues, je tente de les sauver. Mais quand je veux aller plus loin que leur seule apparence violente et destructrice, je me sens, moi-même, souvent perdu face aux Béatitudes des pauvres que mes brebis loubardes vivent avec une vérité éclatante.

Et reviennent alors le Christ et sa phrase qui me sauve : « Ta faiblesse sera ta force. »

Au fond, les brebis grasses ne paîtront paisiblement qu'au Paradis. En attendant ces verts pâturages, prenons conscience de la pauvreté de nos refus, de nos tâtonnements, de nos trahisons et de notre orgueil à croire qu'il faut toujours aller chercher très loin les brebis perdues.

Un but en or

En repos chez des amis et seul, je décidai, pendant le dernier Mondial de foot, de célébrer l'Eucharistie devant la télévision diffusant le match Corée-Allemagne. Avec l'image, sans le son...

Merveilleux moyen de « célébrer » à l'échelle planétaire. Liturgie inédite mais dans la cohérence parfaite de l'universalité de cette prière à étendre au monde entier.

Je devine les milliards de regards braqués sur le téléviseur : celui des pauvres des bidonvilles parqués comme des bêtes ; celui du riche au bord de sa piscine privée ; celui du prisonnier s'évadant l'espace de la rencontre ; et le mien qui, au fond, se fout du résultat. (Avec, peut-être, un faible pour cette Corée étonnante, déchirée en deux.)

Je me garderai bien, comme l'ont fait certains prêtres, muftis ou sorciers africains, de prier le Dieu que je sers pour qu'Il favorise tel ou tel camp.

Il doit suivre ce Mondial avec l'œil de Celui qui a tout créé et nous a laissés libres. Je Le suspecte quand même d'avoir influencé tel pied de pauvre pour décocher un but en or contre le camp réputé invincible.

Il était donc là pour le premier match de ce Mondial. Comme c'est le Dieu du Magnificat, Il s'est réjoui sans aucun doute de voir l'orgueil des favoris écrasé sous les pieds des Africains. Un coup de pouce divin à ceux qui n'avaient rien à perdre et qui, joyeusement, poussaient le ballon, serait bien dans la ligne d'un Dieu qui nous appelle à être toujours du côté des perdants.

Ma prière pénitentielle est simple :

« Pardon, Seigneur, pour les multiples drogues qui entachent le monde sportif de haut niveau. Marco Pantani, le cycliste italien, vient de le payer par sa mort solitaire, loin des hommes qui l'ont admiré. Drogue de la notoriété qui, d'un seul coup, surprend un sportif et l'avale. Les micros et les caméras peuvent tuer. Drogue d'un nom crié, hurlé, ovationné et, un jour, tombé aux oubliettes.

« Pardon, Seigneur, pour les muscles superbes de footballeurs qui se prennent pour des demi-dieux.

« Pardon pour le fric qui empuantit la gloire que Tu as mise dans Ta créature.

« Que des athlètes deviennent des catalogues de mode ou de parfums, hautement monnayés, est indigne de Ta puissance et de la grandeur de ceux à qui Tu as donné mission de nous divertir en nous appelant à soigner notre corps... et non leur compte en banque.

« Pardon d'être nous-mêmes des regards fous,

rivés sur un téléviseur. Même si nos héros demeurent dignes de nos regards et de nos passions. »

Je continue à célébrer. J'arrive à l'action de grâces...

« Il me faut, Seigneur, Te remercier de ce qu'un ballon peut faire pour nous unir. Que la Corée puisse être co-organisatrice de ce Mondial avec son ex-ennemi japonais est pour le futur de ces deux peuples un formidable trait d'union.

« Que l'Afrique si méprisée, délaissée et pillée puisse dresser la tête en triomphant des adversaires, apparemment invincibles, est le radieux arc-en-ciel de ce Mondial.

« Merci, Seigneur ! »

La messe se termine.

L'Allemagne vient de détruire le rêve coréen. Ce peuple asiatique entre dans l'Histoire, malgré tout.

« Merci, Seigneur, d'être descendu dans mes mains nues pour sauver le monde. » Te faire descendre sur Terre vaut tous les matchs du monde.

Que tout acte d'amour, donné ou reçu, soit pour nous le seul but en or !

La prière, mon oxygène !

Ma devise est : « Aime, lutte et prie. »

Je m'explique.

Aime : l'amour seul transforme les êtres et les fait avancer. Lutte : sois un battant, un premier de cordée. Prie : les oiseaux volent, les poissons nagent, l'homme prie. La prière lui est aussi essentielle que la respiration. Pour bien aimer et lutter, il faut prier.

Comment je prie ?

Tous les jours, le bréviaire, le chapelet, l'Eucharistie. Une heure le matin, une heure d'intimité absolue avec Celui qui me fait vivre. C'est mon oxygène, indispensable pour vivre. Et tous les dix jours, durant quarante-huit heures, je file dans un monastère pour fermer ma gueule et écouter Jésus-Christ. Sans la prière, je suis foutu !

Mon café et mon clope m'y préparent. Le bréviaire suit. Certains psaumes me hérissent. Je passe. Je m'attarde sur celui qui, ce jour-là, m'interpelle. Je pioche dans le texte de l'Évangile la phrase qui va me conduire. Je la note. Je la relirai plusieurs fois dans la journée. Phrase-phare, phrase-guide, potion magique du jour.

Une lecture spirituelle suit. Saint Jean de la Croix ou saint François de Sales sont toujours d'actualité. Je peine à chercher dans les auteurs modernes. En revanche, les écrits du moine martyr Christian de Chergé et de ses six potes m'aident beaucoup dans ma rencontre quotidienne avec l'islam.

J'attaque le chapelet. Il se finira au volant ou ailleurs. La présence aimante de Marie restera durant la journée.

J'ai conscience d'avoir fait le plein.

Je peux alors tout vivre. Je sens ce capital d'énergie matinale irradier mes journées par petites touches. Comment alors ne pas rencontrer dans chaque être, chaque moment, Celui qui a commencé ma journée, l'oriente, la dynamise... et la termine ?

Je le répète : ma force n'est pas dans les rutabagas ou dans les épinards, elle n'est pas non plus – même si ça aide – dans le fait que je dors huit heures par nuit, que je mange « bio », que je fais du sport. Ma force, ma jouvence, elle est dans cette vision du Dieu-Amour que me donne la prière.

Prier ou agir ?

Quand j'ai commencé mon ministère auprès des jeunes marginalisés, j'ai cru que la prière ne valait pas un contact urgent ou un sauvetage. Et puis des moments de vide m'ont appris une chose essentielle : plus je voulais en faire... moins j'en faisais !

Je crois maintenant beaucoup plus à la force de la prière qu'à mon action, même si celle-ci est importante. Par la prière, l'action prend une dimension plus humble mais sacrément plus efficace.

Tu ne t'acharnes plus à calculer la portée de ton geste, mais la profondeur de ton union à Dieu. S'il n'y a pas dans la vie de tout chrétien des moments où l'urgence est de « L'aviser pour qu'Il m'avise », comme le disait le curé d'Ars, tout risque d'être de l'activisme et du baratin.

Prendre du temps pour Dieu, c'est gagner des heures inestimables pour les autres.

L'Eucharistie, c'est le sommet ! Faire descendre l'Amour dans mes mains d'argile est le plus grand moment de ma vie. Si le prêtre croit vraiment à l'Eucharistie, les gens le verront, ils croiront, et se rassembleront. S'il s'en fout, s'il célèbre comme on fait la vaisselle, les gens partiront.

Au petit séminaire, l'heure quotidienne de prière était planifiée. Cinquante ans après, je suis passé de l'obligation de la prière à la joie d'entrer dans le cœur à cœur avec Dieu. Mais si mes maîtres ne m'avaient pas seriné à longueur d'année le sens de la prière, sa force, sa puissance, sa nécessité, jamais sans doute je ne vivrais cette heure sainte entre toutes parce que ciblant l'essentiel.

Prier n'est pas facile.

Certains jours, c'est un régal, d'autres c'est l'obligation qui prime. Si la prière allait de soi, le monde entier prierait ! Et la Terre serait un paradis terrestre. « La prière est un combat », saint Paul le martèle.

Quel cœur faut-il avoir pour prier ?

C'est un cœur pauvre qu'il faut avoir pour prier. Plus on se suffit à soi-même, plus la prière est détestable, sans objet, sans but. Plus on se fait petit, plus on a conscience de sa pauvreté, plus la prière jaillit.

SIXIÈME PARTIE

À toi

À mère Teresa

Le signe de mère Teresa est d'avoir vu un agonisant dévoré vivant par les rats et d'avoir refusé de passer son chemin.

Elle est partie d'une personne pour sans cesse revenir à chaque personne ; sans rien dire. Son témoignage de feu a mis l'incendie sur la Terre.

Son pauvre visage, jusqu'à la fin de sa vie, traduisait deux signes : elle était portée et elle se fichait complètement d'elle-même.

Sa vie intérieure authentifiait et dynamisait son action. C'est là sa seule force. Elle était une pauvresse et jusqu'au bout. L'Évangile fait naître des mère Teresa qui, sans calcul et au ras des pâquerettes de l'Évangile, témoignent que le Christ, dans celui dévoré par les rats, est la priorité de nos vies.

Vivre en actes l'Amour gratuit et évangélique permet à chaque chrétien d'être à la hauteur de cette femme dévouée aux plus pauvres.

Dieu s'est servi d'elle pour être un signe fulgurant. De tels témoins sauveront la Terre jusqu'à la fin des temps. Ils sont notre oxygène spirituel et des témoins qui nous poussent irrésistiblement au militantisme universel.

Après l'avoir d'abord suspectée de convertir par la charité les hindous, les critiques se sont tues le jour où elle a aidé à mourir dans la paix un prêtre hindouiste abandonné dans un ruisseau. Tout acte d'amour, surtout extrême, n'a pas d'autre logique que de conduire vers un Dieu d'Amour, sans qu'on le veuille. Un chrétien, lui, sait d'où vient son amour. S'il en est le signe, alors on devine sa source.

À Jean-Paul, ce vieux routard

On le dit très affaibli. On table sur l'échéance imminente d'une démission. Son lieu de retraite était déjà programmé en Pologne... par les journalistes.

Et il saute d'un avion à l'autre. Il atterrit à Toronto pour enflammer cinq cent mille jeunes.

Il bondit au Mexique où dix millions d'habitants lui font une immense haie d'honneur.

Le temps de reprendre son souffle et voilà qu'il revient plonger, pour la énième fois, dans le pays de ses ancêtres et de son cœur.

Ce vieux routard fait vibrer tout un peuple qu'il a aidé à sortir d'une des plus sombres ornières de son histoire.

Le couvent où la presse avait décidé qu'il se fixerait pour ses vieux jours ne sera qu'une halte entre deux cérémonies où un jeune pontife s'épuiserait.

Un routard ne meurt pas dans son lit. Il ne peut que cheminer de routes bien balisées en sentiers escarpés. Avec une préférence marquée pour ces derniers. Sa soif de rencontrer d'autres visages et d'admirer d'autres paysages est inextinguible.

Il ne peut s'installer. L'arthrose le gagnerait et le cœur n'aurait plus l'oxygène nécessaire pour irriguer un corps qui lentement s'épuise.

Car le routard est un messager. Il porte en lui la présence d'un plus grand que lui. Cette présence le tord au point de lui faire dompter un corps qui s'affaisse, une parole qui titube, un regard qui semble ne plus voir à force de contempler l'invisible.

Un athée me confiait récemment son admiration pour notre pape. Pour lui, Jean-Paul « est le défenseur planétaire des droits de l'homme ».

Un autre me disait : « Votre pape me fascine. Son message semble dépassé par les valeurs traditionnelles qu'il trimballe. Mais c'est lui qui a raison. »

Puissent les catholiques admettre au moins cette dimension humaine et prophétique de l'« homme qui marche ». Puissent-ils surtout ne pas perdre un temps précieux à gloser sur une cour cardinalice qui, telle une horde de rats, rongerait sournoisement un fauteuil tant désiré.

Un routard n'a pas de siège. Puisqu'il ne s'attarde nulle part. Seul, le vent le guide. Ce vent s'appelle « Esprit ».

Alors, bon vent, vieux routard !

À Jean-Paul et deux regards innocents

Remarquable le regard des jeunes et des anciens vis-à-vis de Jean-Paul II. Les jeunes sont des fans inconditionnels de notre vieux pape. Partout où il convie les jeunes chrétiens, ces derniers affluent, foncent. Une étrange et mystérieuse communion les unit. Avoir assisté à cinq JMJ a été pour moi un régal et la preuve tangible de la foule juvénile immense unie autour du successeur de Pierre.

Nos jeunes, en manque de père, boivent les paroles du vieux sage avec une soif difficile à décrire.

Les médias, en retard d'un TGV, boudent d'abord ces immenses rassemblements. L'affluence des jeunes les pousse au cul. Alors ils déclenchent leurs caméras, leurs micros et leurs plumes pour tenter de comprendre ce phénomène.

Vexés, ils le décrivent comme une passade, une simple soif des jeunes du monde en manque de rassemblements. Ils en biffent souvent les fruits qu'ils ne cherchent même pas à découvrir. Des zooms multiples sur la foule des jeunes enthousiastes leur suffisent pour saluer l'événement.

Les anciens, eux, ont un autre regard. Leurs arthrose, hémiplégie et autre maladie de Parkinson les mettent en contact direct avec le visage papal souffrant, ses grimaces de douleur, sa démarche titubante, sa parole hésitante.

Se croyant devenus inutiles et à mettre au rancart, ils voient un octogénaire malade insuffler au monde une spiritualité d'enfer, active, actuelle et sans failles. L'exemple de Jean-Paul a dû remettre debout tant d'anciens perclus de douleurs s'enfermant dans leur maladie.

En revanche, c'est l'adulte qui glose interminablement sur l'état physique du pape. « Mais qu'il parte ! Baver devant les caméras, c'est indécent. Place à un pape en pleine forme... »

L'adulte moderne, performant, actif ne croit qu'au muscle jeune, à la forme olympique et au look des magazines de mode. L'apparence est seule crédible. Le reste est à jeter aux oubliettes. Quand ce n'est pas dans la poubelle.

Le regard d'innocence des jeunes et des vieillards reste celui qui colle le mieux à l'Évangile. Pierre, le premier pape, est mort martyr. Jean-Paul II, son deux cent soixante-quatrième successeur, après les balles qui ont voulu le tuer au cours de son pontificat, meurt doucement devant nous, martyrisé par sa maladie.

À l'intrépide pasteur de rester, tant qu'il sera lucide. Ses petits pas sont ceux d'un athlète de Dieu.

À Patrick Giros

C'est Patrick Giros qui m'a accueilli à mon arrivée à Paris en 1970. J'entrais ainsi dans l'équipe de rue avec quatre prêtres dont Patrick était l'animateur.

Je le revois encore sur sa moto avec des hordes de loubards. Je le suivais avec ma 500 Honda, apprenant l'enfer et la splendeur de la rue. Patrick était un battant. Il ne supportait pas l'injustice. C'était un combattant de l'Amour. Son cœur et son corps épuisés en étaient le signe.

Il savait toucher juste pour alerter les hommes politiques et leur montrer le chemin concret pour sortir les jeunes et les adultes de la misère.

La seule maladie que je lui connaissais, c'était de réunir sans cesse ses équipiers pour échanger et prier. Pour qu'ils n'oublient jamais que le Christ était au cœur de leur action.

Il n'est pas mort de cette maladie-là. Il est mort d'avoir tout donné au service d'un plus grand que lui. Il est mort de s'être oublié lui-même.

Il a dénoncé, le premier, le scandale de ceux et celles de la rue qui meurent anonymes, ignorés et sont enterrés sans même une plaque à leur nom. Ce fut son dernier combat. Sans doute le plus beau parce que serviteur de Dieu il refusait qu'un seul être meure comme un chien dans la rue. Et soit porté en terre aussitôt, sans fleurs, ni couronnes, ni prières et sans l'accompagnement d'un être humain. Alors que les cimetières de chiens, de chats et de poissons rouges se multiplient, avec fleurs et même ex-voto !

Puissent tous ses projets se réaliser de là-haut. À la grande et belle équipe, qu'il avait soudée autour de lui, de suivre ses traces...

Un prince et un loubard

Une longue et discrète amitié me lie, depuis sept ans, à Laurent de Belgique, le fils de Paola et Albert, reine et roi de Belgique.

Marier un prince royal était pour moi une première. Je ne pouvais jamais imaginer qu'un jour je serais à côté d'un cardinal pour être le témoin de l'amour que se donnent deux altesses royales.

Dans la cathédrale de Bruxelles, où mille cinq cents invités avaient pris place, je devais donner la méditation finale pour les mariés après la remise des alliances.

La nuit de mon départ pour ce mariage, un loubard, Abdel, arrive brusquement à la permanence parisienne. Il sortait de prison où je l'avais suivi, pas à pas, durant un an.

Je reste avec lui jusqu'à trois heures du matin. C'est lui, étonnamment, qui m'a donné le souffle nécessaire pour parler de l'amour à un parterre de rois et reines, princes et nobles de toutes les cours d'Europe, quelques heures après.

Aucune peur, aucun stress devant ces têtes couronnées. Quelle joie de crier l'amour, la plus belle aventure humaine, au plus noble comme au plus humble, grâce à la télévision qui retransmettait le mariage princier à tout le royaume !

Au cours des deux repas qui suivent la cérémonie officielle, combien de rencontres avec des fils de rois ou d'empereurs déchus ! Combien de détresses entendues sur des amours manquées, des blessures de couples déchirés, de fortunes immenses ou de palais somptueux anéantis en quelques jours !

Je passais de table en table, comme on me le demandait. J'ai vu combien tout protocole disparaît face aux appels des grands de ce monde, quand ils jettent les titres et se révèlent nus.

Ce sont des êtres qui ressemblent étrangement à certains de mes loubards. À la différence près que ces derniers n'ont aucune fonction officielle pour se cacher derrière une apparence brillante qui permet un semblant d'existence.

Passionnants moments. Découvertes de certaines personnalités du show-biz royal. Notamment, une future reine d'une authenticité transfigurante. Elle a été pour moi un souffle de joie et de paix dans cette foule dont la rencontre inédite m'a beaucoup enrichi.

En présentant, dans chaque palais, le laissez-passer aux armes royales, je pensais à Abdel sortant de prison. Il était arrivé à minuit, sans laissez-passer, lui. Sans rendez-vous. Il était venu comme un pauvre, en frappant simplement à ma porte.

Certains des invités prestigieux réunis au mariage,

nantis du carton royal qui leur permettait les entrées si désirées, étaient aussi des pauvres.

J'ai aimé être aux côtés des grands de ce monde, parfois pauvres parmi les pauvres. Ils restent pour moi des êtres de lumière, assoiffés d'écoute et de miséricorde.

Méditation pour un mariage princier

(celui du prince Laurent de Belgique et de Claire Combs à la cathédrale de Bruxelles, le 12 avril 2003)

Vous savez tous les deux, Claire et Laurent, comme j'aime l'Église. Je suis très heureux d'être là avec vous, avec le cardinal Danneels, ses frères prêtres, pour être témoin de votre amour, à toi Laurent et à toi Claire. Laurent, tu es le dernier petit poussin à quitter le nid, après Astrid et Philippe. Laurent, je salue affectueusement ta chère mère Paola et ton père Albert, et puis Astrid qui n'est pas là. Nous sommes tous de tout cœur avec elle... Elle attend un petit.

Et puis, je salue Philippe et Mathilde.

Claire, tu quittes aussi le nid. Je salue également tes chers parents Nicole et Nicholas. Et puis Johanna et Matthew.

Le cardinal Danneels m'a permis une petite méditation.

Je voulais vous dire : que votre famille reste le cœur, le cœur de votre vie. La famille, c'est la cellule la plus petite, la plus grande, la plus noble, la plus ancienne, la plus neuve. Vous la fondez aujourd'hui, Claire et Laurent.

De nombreux amis sont là, aujourd'hui.

L'amitié partagée avec tant de gens qui sont venus ici, bien au-delà du protocole, signifie qu'ils vous aiment, tous les deux. Gardez, Claire et Laurent, vos amis bien précieusement. C'est la chose la plus grande que vous pouvez avoir après votre famille. Des amis vrais qui resteront surtout quand tout ne va pas bien.

Merci pour ton amitié, Laurent. Elle est ancienne de sept ans. Tu as voulu m'offrir un prix pour mes loubards en 1996. Et il n'y a pas que des loubards français, malheureusement. C'était aussi pour des jeunes qui poussent mal et qui sont belges et que nous prenons dans notre ferme en Haute-Provence. C'est là que notre amitié est née.

Et puis tu es venu. Je garde de toi l'image d'un prince soignant les sangliers, caressant les lamas. Tu aimes tellement toutes les bestioles de la création, de la coccinelle à l'éléphant. Je t'ai vu, présence vivante, proche.

J'ai apprécié que tu ne juges pas mes jeunes et que tu ne leur demandes jamais de quelle prison ils venaient ni ce qu'ils avaient fait. Ils t'ont beaucoup aimé. Altesse royale ! Pour eux cela ne dit rien. Tu as été avec nous un prince, Laurent, dans la mesure où tu les as servis humblement, fraternellement. Tu partageras avec Claire cet amour des animaux.

Claire et Laurent, la plus belle aventure du monde,

c'est l'amour que vous vous êtes donné dans les mains du cardinal Danneels. Et tous ceux et celles qui sont ici le savent.

Vous pouvez avoir tous les titres du monde, tout l'argent du monde. Si vous n'avez pas l'amour, vous n'êtes rien.

La plus belle aventure du monde, Laurent et Claire, c'est ce « oui » que vous vous êtes donné.

C'est un combat, demandez-le à Paola et Albert ; demandez-le à Nicholas et Nicole, vous verrez. Demandez-le à Astrid et Lorenz, à Philippe et Mathilde, à Johanna et son mari. Demandez-le. C'est un combat, un magnifique combat de tous les jours. Et vous le gagnerez quand on se donnera rendez-vous dans cinquante ans. Je n'aurai que cent dix-sept ans alors !

À deux conditions, Laurent et Claire. Dans cette préparation magnifique du mariage qu'on a faite ensemble, je vous l'ai dit : votre couple d'abord. J'entends souvent des couples parler des enfants. Je dis d'abord vous. Je suis le troisième d'une famille de pauvres. On était quinze enfants. Quel amour nous portaient mon père et ma mère ! Mais ils se le donnaient d'abord entre eux deux.

Le roc de votre vie sera l'amour que vous vous donnerez l'un et l'autre. Je ne fais que rendre, comme prêtre, l'amour que j'ai reçu d'un homme et d'une femme, mon père et ma mère. Ma mère qui a rendu le dernier soupir dans mes bras il y a quelques mois.

Votre couple d'abord. Les obligations de votre rang vous prendront du temps ; et toi, Claire, ton travail de géomètre aussi, mais d'abord vous deux. Aimez votre différence, aimez que l'autre soit différent. N'oubliez pas : respectez-vous infiniment. Le respect, c'est le plus beau nom de l'amour.

Je connais déjà votre cœur universel. Que vos portes soient ouvertes aux quatre coins de l'amitié. Que les plus petits soient servis d'abord. C'est là, Laurent et Claire, que vous serez vraiment prince et princesse.

Enfin, vos enfants : ils seront les étoiles de berger de vos vies.

Donnez-leur les valeurs que vous avez reçues de vos parents. Des valeurs strictement laïques d'abord, universelles. On n'a pas besoin d'être chrétien pour avoir des valeurs profondément laïques, de respect et de tolérance, d'amour de l'autre. Transmettez-leur les trésors religieux que vous avez reçus tout petits.

Aimez-les. Que votre travail ne vous dévore pas. On ne rattrape jamais l'amour qu'on n'a pas donné quand ils sont si petits dans le nid, si fragiles. J'en sais quelque chose dans mon métier d'éducateur spécialisé.

Enfin, je m'adresse aux médias qui sont venus honorer cet amour : valorisez l'amour. Cette image qui est transmise dans le cœur de tant de Belges, maintenant. Valorisez l'amour, l'amour du cœur. Valorisez la fidélité. Dites, à travers vos écrans et vos micros, l'immensité de la beauté de la personne dans son cœur d'abord – dans son corps aussi – mais dans son cœur d'abord. Valorisez l'enfant qui dort dans le ventre de sa mère, comme l'enfant qu'attendent Astrid et Mathilde. Ce maillon le plus fragile de la vie qu'est l'enfant.

Valorisez aussi le vieillard. Tant d'anciens meurent seuls dans les hôpitaux maintenant. Laurent et Claire, valorisez ces deux maillons de la chaîne de la vie, le plus petit qui dort dans le palais de sa mère et le vieillard qui s'éteint.

Aimez-vous en vérité, dans votre vie privée. Parce que vous en aurez une et c'est très important. Que votre amour soit rayonnant. Soyez des rayons lasers. Vous êtes des personnes publiques, que votre vie soit exemplaire, Claire et Laurent.

Enfin, vous avez pris des textes très courts sur l'amour, on les a choisis ensemble. N'oubliez pas – le cardinal Danneels vous l'a dit tout à l'heure –, seul l'amour de Dieu vous rendra fidèles et vrais dans votre amour, seule la puissance de ce sacrement que vous avez reçu vous donnera la force.

Enfin, un petit conseil, un énorme conseil : ne vous couchez jamais, Claire et Laurent, sans vous être demandé pardon. Sachez dire « pardon », « pardonne-moi », ou « je te demande pardon ». Tant de couples se sont quittés parce qu'ils n'ont pas su se le dire.

Jour après jour, soyez tous les deux des êtres de miséricorde. Je vous dédie, frères et sœurs bien-aimés qui êtes là, ainsi qu'à tous et toutes qui regardent maintenant à travers l'écran, je vous dédie cette belle histoire vraie.

C'est une des plus belles histoires vraies que je connaisse. Je la dédie à vous, Paola et Albert, Nicole et Nicholas, Maria et Henri, tous ceux qui s'aiment, tous ceux qui ont réussi à tenir le coup dans la fidélité. Et puis je la dédie à ceux qui peut-être dans cette assistance sont séparés, divorcés, remariés. Dans quelle souffrance vivent souvent des gens dans le monde d'aujourd'hui face à l'échec de leur amour ? Alors à tous et toutes, je vous dédie cette histoire. *C'est l'histoire des foulards blancs.*

Un adulte de vingt ans avait sali ses parents, une affaire qui a détruit leur réputation. Et le père a dit à Jean qui avait sali sa famille :

« Jean, fous le camp et ne remets plus jamais les pieds à la maison. »

Alors Jean est parti, la mort dans l'âme. Quelque temps plus tard, il se dit : « Je suis vraiment une ordure, un salaud. Alors je vais demander pardon à mon père. » Mais il avait tellement peur que son père le jette en dehors de la maison, il lui écrit ceci :

« Papa, vraiment, je vous ai salis et je te demande pardon, je voudrais tant revenir à la maison. Je t'écris. Je ne te mets pas d'adresse. J'ai tellement peur que tu me dises non. Si tu me pardonnes, mets un foulard blanc, je t'en prie, sur le pommier devant la maison – tu sais, la grande allée qui conduit à la maison. Mets un foulard blanc sur le dernier pommier. »

Quelque temps plus tard, il dit à son frère et ami Marc :

« Je t'en supplie, Marc, accompagne-moi. Je te conduis à cinq cents mètres de la maison. Là, tu prends le volant. Je me mets à côté, à la place du passager et je ferme les yeux. Lentement, tu descends l'allée des pommiers. Tu t'arrêtes. S'il y a un foulard blanc, je foncerai à la maison. S'il n'y a pas de foulard, jamais plus je ne reviendrai à la maison. »

Ainsi dit, ainsi fait. À cinq cents mètres, Jean donne le volant à Marc et s'assied à la place passager. Lentement, la voiture descend l'allée des pommiers jusqu'au dernier pommier devant la maison. Et Jean, les yeux fermés, dit à Marc :

« Je t'en supplie, Marc, mon père a-t-il mis le foulard blanc dans le pommier devant la maison ? »

Et Marc lui dit :

« Non, Jean. Il n'y a pas un foulard blanc dans le pommier devant la maison, mais des centaines tout au long de l'allée qui conduit à la maison. »

Frères et sœurs bien-aimés, partez de cette cérémonie avec des foulards blancs dans votre cœur. Soyez, Claire et Laurent, des êtres de miséricorde. Soyez aussi tous, frères et sœurs, à quelque religion que vous apparteniez, à quelque culture, des êtres de miséricorde. Le monde crève de manque de miséricorde. Catholiques, protestants, orthodoxes, musulmans, juifs, bouddhistes, athées, agnostiques, soyez des êtres de miséricorde.

Merci d'être là dans cette cathédrale, pour célébrer l'amour. Pour terminer, merci de saluer l'amour de Laurent et Claire. Et merci de le souligner par un applaudissement chaleureux. Que cela vous dynamise, Claire et Laurent. Ainsi que chacun et chacune d'entre vous. Je vous aime beaucoup, Laurent et Claire.

P.S. Une étoile du berger, Louise, est née depuis. Qu'elle soit un être de lumière.

SEPTIÈME PARTIE

Aux fous !

On manque de sages, on manque de fous

Un jeune marche par inadvertance sur les pieds d'un homme à cheveux blancs. Le vieillard l'apostrophe : « Respectez au moins mes cheveux blancs ! » Le jeune lui rétorque, tout de go : « Qu'en as-tu fait ? »

Pertinente remarque.

La sagesse, ce n'est pas le nombre des années qui la donne. Il y a peu de sages.

L'enfant l'est rarement. Il réagit par instinct. Et l'instinct n'est pas toujours très sage. L'adolescent peut l'être. Si ses géniteurs lui ont donné la certitude que la vie est faite de droits et de devoirs. Et s'il est témoin de quelques vertus qui sont filles de la sagesse : la maîtrise de soi, le discernement, la capacité de silence, se taire avant de parler... et bien d'autres.

La sagesse, c'est maîtriser sa langue d'abord. La puissance de la sagesse se mesure à sa capacité de se taire devant l'insulte, d'écouter l'autre jusqu'au bout.

C'est maîtriser son sexe. Appeler les jeunes à baiser comme des castors et les inciter ensuite à mettre la capote, c'est nous conduire comme des vétérinaires.

Le sage est médecin du corps et du cœur. Il saura dire alors la fulgurance du cœur et du sexe joints dans l'amour reçu et donné.

Le sage est celui qui aime son corps. Le sent vibrer. Le choie. Le commande. Le maîtrise donc. En est le maître.

Le sage prend conscience de son intelligence, quelle qu'elle soit. Il l'éveille, la bûche, la perfectionne. Jusqu'à son dernier souffle.

Le sage se sent habité par son âme. Il cherche toujours désespérément le sens de sa vie : « Qui suis-je ? » « Où vais-je ? »

Ces deux questions fondamentales ont les réponses que chacun se donne. Une morale laïque forte, jointe à une spiritualité dans la religion dont il n'est pas forcement issu, permettent à chaque être de vivre, d'espérer, de faire des choix. Et surtout de vibrer à l'unisson dans la dimension religieuse ou humaniste qu'il partage avec des millions d'humains.

La seule condition, pour bien vivre cette dimension, est de penser qu'on ne détient pas la vérité. Car cela peut alors susciter la folie meurtrière dont le 11 septembre a donné l'hallucinant et diabolique spectacle.

Le sage sait qu'il aura peu d'amis et beaucoup d'ennemis. Sa fidélité ravira les premiers. Sa tolérance et son sens de la miséricorde lui conquerront les derniers.

La sagesse est issue de la moindre expérience. À condition d'en faire un tremplin pour aller plus loin et plus haut. La sagesse fait accéder aux formes les plus élevées de spiritualité. Parce qu'elle converge, quelle que soit la culture humaniste ou spirituelle à laquelle on appartient, à ce qu'il y a de plus grand pour nous : le désir d'être aimé et d'aimer.

Un temps où l'on n'appuie que sur l'accélérateur en refusant de regarder son rétroviseur, sans aucun espace de silence, est un temps qui mène droit au mur.

La sagesse est, plus que jamais, une sorte de folie de notre temps. On manque de fous.

Mets-toi à la place d'un tueur !

Pour tes vacances, j'ose te demander de te mettre à la place d'un tueur.

Écoute ces deux faits :

Un jeune couple de motards m'interpelle, un jour. Ils avaient tué un gosse de trois ans sur la route. Un an après, livides, les deux tourtereaux me racontaient le choc terrible du crâne de l'enfant explosant sur leur rutilante BMW. Ils n'allaient pas vite. Ils n'avaient pas bu. Mais, traversant une cité, ils n'avaient pas prévu qu'un gosse ça file d'un seul coup, sans prévenir.

« On aurait pu l'éviter en allant un peu moins vite. »

Cette femme entend son portable sonner et, quittant une seconde du regard la route, tue un jeune cycliste et blesse très grièvement un autre. Je ne l'ai jamais vue. Mais je ressens ce qu'elle vit. Le cauchemar durera le reste de son existence.

Te faire peur n'est pas mon désir. Mais je veux te dire que chacun d'entre nous peut être, aujourd'hui ou demain, un sniper, un tueur, un assassin du bitume.

Pars en vacances ! Vis à fond la caisse ce temps de plénitude, de joie, de détente, de silence. Aime ton conjoint en laissant tes dossiers, ta télé, tes journaux. L'autre saura que ce temps, c'est votre temps d'amour renforcé.

Écoute tes gosses. Joue avec eux. Partage ce moment privilégié où toute rencontre est un temps gagné, inestimable, loin des miasmes de la ville et de tes préoccupations multiples.

N'oublie pas ton (ou tes) ancêtre(s) qui peuvent encore voyager. Ils seront si heureux de voir qu'ils comptent pour toi. Ou alors, ravis-les par une visite pour casser leur solitude et leur dire : « Vous êtes notre Histoire vivante. Merci de nous avoir donné la vie. »

Pour toutes tes rencontres, respecte infiniment ce volant qui t'apportera tant de joies. Ramène au bercail, dans l'allégresse, tes mômes, ton clébard et tes souvenirs.

Participe activement à l'extraordinaire renouveau qui nous fait refuser le bain de sang qui éclabousse rituellement et cyniquement nos routes de vacances.

Bouffe l'oxygène hors des sentiers battus que sont nos autoroutes et les endroits où l'on s'entasse. Alors, tu pourras dire : « Elles étaient bonnes, ces vacances ! »

Ce sont celles que je te souhaite.

Les putes parquées ou les zizis des mecs pénalisés

Une conseillère de Bertrand Delanoë, maire de Paris, estime qu'il faut parquer les putes dans des endroits précis (trottoirs, baisodromes patentés, etc.). C'est-à-dire que « le plus vieux métier du monde » serait maintenant cerné, regroupé, isolé et les mecs pourraient baiser comme des castors en toute quiétude puisque les réserves indiennes du sexe seraient créées.

J'encourage cette députée et conseillère – avant d'envisager de telles mesures – à faire le trottoir, ceinte de son ruban tricolore pour bien montrer qu'elle a envie de connaître, au ras des pâquerettes, la vie des femmes (et des hommes) du trottoir : exemple remarquable pour rejoindre la « France d'en bas »...

Heureusement que des députés ou autres conseillers du maire de Paris ont réagi immédiatement en proposant de faire payer les orgasmes des mecs. Ce n'est plus la pute qui sera pénalisée, mais son client.

Bertrand Delanoë lui-même est contre cet enfermement de la prostitution. Il respecte la femme, non comme objet mais comme sujet opprimé, martyrisé et mis dans l'obligation de donner et de vendre son sexe ; la plupart du temps malgré elle, à cause de souteneurs qui, venant des pays de l'Est et d'Afrique, se font des fortunes colossales.

Il suffit d'avoir suivi dernièrement le procès d'un mac, d'un sadisme inouï. Le président du tribunal n'a pu obtenir un seul témoin parmi les femmes qu'il faisait tapiner : mortes de peur, elles n'avaient pas envie, dans les semaines qui auraient suivi leur témoignage au tribunal, d'être défigurées ou de voir leurs lointaines familles persécutées.

Qu'on puisse qualifier depuis longtemps la prostitution de « plus vieux métier du monde » est une véritable saloperie. Qu'ils tapinent eux-mêmes, ceux qui disent cela ; ils comprendront ce que c'est de faire vingt passes par jour.

Je n'ai jamais pensé qu'une prostituée était nécessaire pour éviter des viols, notamment. Qu'on nous montre les femmes dans les kiosques, à la télé et partout, autrement que sous l'angle de leurs fesses donnera un jour à nos petits, je l'espère, l'idée que la femme n'est pas un corps bon à baiser, mais un être à part entière qui a besoin d'amour, de tendresse et de respect.

Le regard du Christ sur la prostituée reste pour moi, chrétien, un des plus beaux passages de l'Évangile. Il savait sa détresse et l'immense amour de son cœur.

On ne soulignera jamais assez l'accueil tout à fait étonnant de la parole de miséricorde de Jésus par ceux qui étaient prêts à lapider la femme pécheresse. « Que ceux qui sont sans péché lui jettent la première pierre » est le jugement du Christ. « Les plus vieux se cassèrent les premiers », ajoute délicieusement l'Évangile. Et tous se barrent... A-t-on jamais vu des juges abandonner leurs réquisitoires parce qu'ils se sentent pécheurs eux-mêmes et qu'on leur fait savoir ? Ce bout d'Évangile est une pure merveille. À méditer à l'infini par chacun d'entre nous.

Le Christ a fait d'une femme pécheresse un être neuf, purifié. Puissions-nous avoir le même regard.

J'essaie parfois de les rencontrer et de dialoguer avec elles. Leur étonnement de prime abord est fort. Êtres humains dont on a mis le sexe à la place du cœur, elles happent intensément les moments où une personne refuse de voir en elles une marchandise jetable après usage.

Essaie, toi aussi, de rencontrer leur cœur. Tu feras alors reculer les marchands de viande humaine. Puissent-ils un jour, par ton regard, les condamner aux oubliettes.

Deux calvaires

Dans mon volumineux courrier, de plus en plus de cris d'adultes me font part de leur enfance ou adolescence souillée. Et cela depuis l'affaire Dutroux.

C'est très net. Ce criminel a libéré la parole de ceux et celles qui ont cru n'avoir droit qu'au silence après des souffrances intimes que le temps n'a pas effacées.

C'est un courrier qui me submerge parfois. L'angoisse qui sourd des mots jetés avec crudité est souvent insoutenable. Je m'y attelle cependant prioritairement, avec une immense compassion.

Certains adultes, comme cette mère de trois enfants, gardent une honte inextinguible face à ce qu'on leur a fait subir. « Ça fait trente ans que ce viol me hante, Guy. Ça fait trente ans que je me tais. Mon mari et mes enfants l'ignorent. Je te confie ça parce que je ne te verrai jamais. Je peux t'assurer que te l'écrire me fait un bien fou. C'est la première fois que je confie cette "tache" dans ma vie. »

L'autre « tache », terrible aussi, c'est l'accusation perfide d'attouchements sexuels pour se venger d'un ex-conjoint, d'un prof ou d'un voisin...

Je connais un père de famille accusé à tort par sa femme. Il ne pouvait plus voir ses deux petites filles qu'en présence d'une assistante sociale. Et de façon très espacée.

Son calvaire a été long. Il a gagné enfin son procès. Trop tard ! À bout de forces, il ne veut plus revoir ses enfants. Malgré le procès qui l'a lavé de tout soupçon, sa famille reste partagée. « Je lis dans le regard de certains le soupçon. Il n'y a pas de fumée sans feu ! Etc. C'est une épreuve terrible ! » m'a-t-il confié.

L'ère où l'on cachait maintes turpitudes est finie. Et c'est tant mieux. Mais l'autre ère qui exige une transparence totale, coûte que coûte, donne les signes d'une grande dangerosité. La vitesse extrême, l'immédiateté de l'information ne garantissent pas l'impartialité : une mise en examen équivaut pour nous à culpabilité. Surtout quand elle est assortie de détails croustillants livrés à la presse, en dépit de toutes les lois en vigueur.

Si l'inculpé se révèle innocent, soyons assurés que certaines coupures de journaux, infâmes et indélébiles, continueront à le poursuivre.

Si la victime d'un pédophile reste marquée à vie – cela nous le savons maintenant –, on ne sait pas encore quel calvaire vit la victime innocente d'une telle accusation : son nom jeté en pâture et le regard inquisiteur de l'autre qui le fouille.

Seules, des sanctions exemplaires appliquées aux accusateurs mensongers pourront le faire savoir.

Le voile : peur, protection, jeu ?

Un bout de tissu a pris, en France, des proportions énormes. À force de gratter un petit bouton, il peut devenir furoncle.

Il y a cinquante ans, il était conseillé aux femmes chrétiennes qui allaient à l'église de se voiler la tête, de se couvrir les cheveux. Je me souviens des mantilles et des chapeaux. Certaines profitaient de cette recommandation pour rivaliser de toilettes. Chantal avait un chapeau orné de cerises pendant le printemps, Lucienne des feuilles automne à l'automne, et l'hiver, Christiane portait un chapeau où des écureuils se blottissaient au creux de la neige...

Les chapeaux ont disparu de nos églises, sauf pour les mariages BCBG. Dans l'islam, prétendre que le voile est une obligation absolue, non. Pour en avoir le cœur net, notre fureteur de Nicolas Sarkozy est allé directement en Égypte rencontrer l'imam de la grande mosquée du Caire. Cette haute autorité lui a répondu que dans les pays musulmans il est recommandé d'avoir une coiffe mais elle n'est pas obligatoire dans les pays non musulmans. Entre la femme qui se doit de se vêtir décemment et l'interprétation de musulmans extrémistes, il y a un large fossé. De plus, si l'une des plus hautes autorités de l'islam parle, pourquoi nous, Européens, nous masturber l'esprit pour savoir si oui ou non ce fameux voile doit être mis ?

Alors pourquoi nous enflamme-t-il, en France, au point que notre État laïc s'est cru obligé d'en légiférer l'interdiction ou les centimètres carrés permis ? Ce n'est pas de bon augure.

Notre longue histoire avec la colonisation française dans tout le Maghreb révèle sans doute, en partie, une des clés du choc que cette coiffe a provoqué.

L'affirmation de ses convictions religieuses dans un bout de tissu est un paravent qui cache bien des refoulements, des manques et des cris souvent ignorés. Ils signifient, ces cris : « Reconnaissez-nous comme des Français à part entière. »

En effet, le jour où, en France, le prénom de « Mohamed », donné au téléphone pour justifier son identité lors d'une embauche, ne fera plus peur, on éliminera bien des rancœurs. Le pourcentage des jeunes issus de l'immigration et privés de travail en raison de leur origine est encore net et de trop.

D'autre part, le machisme et l'attitude de certains jeunes Arabes français sont une des causes du port du voile. Et non des moindres. J'ai entendu des filles, dans les cités, me dire que si elles sortaient en jean ou en jupe, des jeunes d'origine arabe les traitaient de putains. Alors elles se voilent. Seul, le voile provoquera le respect... du moins, verbal et public.

Quant aux deux filles qui, il y a quelques mois, ont provoqué l'assaut des médias par leur forcing pour garder le voile à l'école, leurs interviews pour se justifier étaient affligeantes. Lila et Alma étaient converties à l'islam depuis six mois. Le père était juif athée et la mère chrétienne. Elles avaient agi par jeu. Malheureusement, les médias ont fait un bruit terrible là-dessus. Dommage qu'ils les aient interrogées aussi longuement et sottement.

Ce qui m'a frappé dans la manifestation des femmes revendiquant le port du voile, c'est de voir qu'elles étaient entourées d'hommes qui souvent leur interdisaient de répondre aux interviews. Il y avait beaucoup trop d'hommes à cette manifestation. Le voile imposé par l'ordre patriarcal et masculin est un signe d'oppression. La femme musulmane prix Nobel, Sherim Ebadi, a rappelé à Oslo avec force combien le voile pouvait être un terrible signe d'oppression, l'« étoile jaune » féminine, une arme collective de promotion d'un islamisme radical, dont les valeurs sont antihumanistes et antidémocratiques.

Une loi, malheureusement et peut-être heureusement, fera cesser ce type de dérives. Elle donnera un coup d'arrêt à la pression politico-religieuse, et c'est tant mieux. Passons par là puisqu'il le faut. Mais sachons voir clair et poser des actes pour une intégration forte et lucide vis-à-vis de nos frères et sœurs issus du monde arabe.

Cela me gêne néanmoins que la pression islamiste

ait obligé l'État à promulguer une loi, et non l'islam à s'accommoder de nos lois laïques. Ça me gêne d'autant plus que finalement les derniers pourcentages sont nets : la majorité des musulmans de France sont hostiles au voile. Au fond, trois cents jeunes filles voulant garder farouchement leur voile en France ont provoqué tout ce chahut.

Il est dangereux pour l'avenir qu'une minorité oblige l'État à légiférer.

L'affaire du voile masque aujourd'hui d'autres enjeux qui risquent de fissurer une France tellement multicolore. D'autres combats plus importants doivent nous mobiliser. Deux cent mille Philippins chrétiens n'ont pas le droit de pratiquer leur culte en Arabie Saoudite ! Cela me semble un combat important à mener pour les musulmans qui disent que l'islam est modéré et tolérant. Si un prêtre dit la messe dans un appartement en Arabie Saoudite, il est immédiatement expulsé. Sous prétexte que ce pays est un lieu saint.

Je rappelle qu'à cinq cents mètres du Vatican, il y a une mosquée dont le minaret mesure quarante-cinq mètres de hauteur. Rome est notre ville sainte et nous avons accepté cette mosquée...

Mais je me souviens aussi du Pakistan où des chrétiens sont persécutés... Que des musulmans le dénoncent. *Idem* au Soudan.

À nos frères musulmans de suivre l'exemple de Mahomet : il fit ouvrir une mosquée à des chrétiens qui, à minuit, voulaient célébrer la Nativité. C'est ce beau combat ensemble, chrétiens et musulmans, qui nous permettra de respirer la bonne odeur de l'islam, un islam éclairé, tolérant et solidaire.

« L'humilité constitue la connaissance. Tout le reste n'est qu'ignorance », disait Gandhi. Humilité de savoir que le Dieu que nous adorons nous permet simplement de nous accepter différents, de ne pas rentrer en bataille, qu'il s'agisse de ce voile ou d'autre chose, mais de réunir dans nos livres saints tout ce qu'il y a de plus beau, de plus fort, de plus noble.

Alors l'islam en France grandira, et nous aussi nous grandirons.

Aller chez l'autre

On préparait dans la sacristie une cérémonie œcuménique qui devait avoir lieu dans la cathédrale suisse de Lausanne. Protestants, orthodoxes et catholiques m'avaient convié pour cela. Chacun étudiait avec acharnement son texte. « Pas trop de Jean-Paul II pour ne pas effaroucher les orthodoxes. » « Pas trop de Sainte Vierge pour ne pas offenser les protestants. »

Enfin, ça commençait à me courir sur le haricot. Je patientais, au bord de l'overdose œcuménique.

Et puis un ancien, Yusuf, musulman, nous dit timidement : « Et moi, je suis croyant aussi. J'aimerais annoncer Dieu. » Des yeux chrétiens fusillent aussitôt l'intrus d'un autre livre... d'une autre rive.

J'entends : « Impossible ! On n'a pas le même livre saint. »

Je bondis : « J'en ai rien à foutre. Yusuf est musulman et croit en Dieu. S'il veut le proclamer, qu'il le fasse ! »

Silence. Je me tourne vers lui : « Comment veux-tu dire ton Dieu ? » Tout jeune, il était muezzin au fin fond de la Turquie et je savais qu'il aimait psalmodier l'appel à la prière si cher aux musulmans. Psalmodie que j'ai tant aimée après l'avoir entendue des milliers de fois en Algérie.

Yusuf répond : « Je peux faire l'appel à la prière. » Je décide alors :

« OK ! C'est toi qui débuteras notre prière. »

Les intervenants se taisent. Silence hostile ou interrogatif.

L'assistance de huit cents personnes nous attend dans l'ancienne cathédrale catholique kidnappée par les protestants du temps de Luther.

De sa voix d'or, Yusuf attaque la psalmodie musulmane.

L'appel à la prière résonne dans un silence parfait. Stupéfaction de l'auditoire.

Une immense ovation clôt ce moment spirituel inédit, unique en ce lieu.

Ce même jeune homme m'a offert une croix, mon signe. Elle est sur mon blouson noir et y restera.

À notre époque où certains veulent désespérément s'accrocher à leur signe religieux comme rempart exclusif en déstabilisant, sans le savoir (ou en le sachant), tout autre espace religieux, « aller chez l'autre » est, pour les croyants, le seul moyen pour vivre ensemble la même recherche qui nous hante, « Dieu ».

Louange et douleur

Je repose mes vieux os dans la neige. Je quitte la piste et m'enfonce au milieu des mélèzes ; sur un petit sommet, je contemple les cimes.

Je pense aussitôt à la catastrophe du Caire. Familles entières décimées au fond de l'eau dans leur échappée sans retour. Vivants traumatisés, hébétés devant la mer Rouge, dernier tombeau d'êtres chers.

J'avais toujours quelque appréhension chaque fois que je prenais l'avion. Aujourd'hui, plus un instant de peur malgré, parfois, les soubresauts qui secouent la carlingue. La prière que je vis, entre ciel et terre, efface toute crainte.

Je bénis le Seigneur pour ces objets si puissants et si fragiles qui ont pour mission de nous transporter.

Quand le commandant de bord m'invite dans le cockpit, je bondis.

Spectacle hallucinant : mer sublime de nuages, soleil couchant somptueux, brouillard enveloppant la route du ciel. Seuls, quelques boutons guident la marche aveugle et confiante du pilote. Progression envoûtante vers la piste illuminée...

« Vous habituez-vous à piloter ? demandai-je à un commandant.

– Non, jamais ! m'a-t-il répondu. Je m'étonne toujours de voler... »

Saluons l'extraordinaire performance de l'homme. Pleurons avec ceux qui ont perdu tant d'êtres aimés... En méditant sur la fragilité humaine, ses erreurs possibles ou ses négligences, dans une des plus belles réalisations de notre temps.

Plus terrible encore, là où le génie humain n'a aucune responsabilité, l'horreur des tremblements de terre !

L'Iran nous en a montré malheureusement l'exemple.

Puisse le génie humain deviner le moment exact où la terre se soulèvera. On y arrivera un jour.

Saluons les innombrables gestes de solidarité qui jaillissent alors, bellement, un peu partout dans le monde. C'est là que le cœur de l'humanité devient universel dans le sublime élan qui le porte.

Je reprends la marche vers la vallée, chantant Dieu et ses merveilles. Uni à la douleur et à la solidarité des hommes.

HUITIÈME PARTIE

Chut !

Et si on parlait « pudeur »...

En dehors du foulard, morceau de tissu autour duquel on a fait tout un vacarme, je voudrais saluer la pudeur des filles européennes et surtout de celles issues de l'immigration. Cela m'a toujours frappé, dans les familles musulmanes surtout et dans certaines familles chrétiennes ou même laïques.

Je veux en parler car cette pudeur est bonne et belle. On ne parle jamais de pudeur. C'est une vertu magnifique. Dans un monde européen où il y a une recherche effrénée d'exhibition, il faut tout montrer : ses fesses, sa poitrine, ses jambes. Il faut tout déballer, tout expliquer : sa vie intime, sa position érotique dans le plumard. Il faut parler de son histoire intime, de ses désirs intimes, de ses fantasmes enfouis, de ses pratiques les plus secrètes et l'on arrive, aujourd'hui, à être honteux de cacher son jardin secret.

La dernière fois qu'un jeune m'a interpellé en conférence en disant : « Guy, est-ce que tu fais l'amour ? », je lui ai répondu :

« Es-tu homo ou hétéro ? Puisque tu veux que l'on parle de nos zizis, allons-y franchement... »

Il ne savait plus où se mettre. Je lui ai dit ensuite que ces questions-là regardaient chacun d'entre nous et personne d'autre.

« Jamais je ne te poserai publiquement la question sur ta sexualité. Ni même dans l'intimité. Sauf si tu viens me confier tes difficultés et que tu recherches mon aide. »

Cela s'appelle le « jardin secret », que chaque être doit conserver comme un trésor. Malheureusement, la pudeur est devenue un gros mot ! C'est vraiment le pauvre con, le demeuré qui osera parler de pudeur ! Telle est l'opinion courante.

Et pourtant, la pudeur existe chez tout jeune. Le gosse l'apprend petit à petit en fermant, un jour, la porte des toilettes... L'ado, c'est l'intimité au maximum, enfermé à double tour dans sa chambre. L'adulte peut la vivre également en refusant toute question sur sa vie privée, par exemple.

Je discutais récemment avec trois femmes qui s'exhibaient en pantalon « taillc basse » laissant apparaître leur string. Il m'a fallu longtemps pour leur faire convenir qu'elles cherchaient à exciter le regard des hommes. Leur défense était :

« Ils n'ont qu'à pas regarder. »

Mon attaque suivait :

« Impossible de ne pas voir ! Et je te suspecte d'exhiber justement ton gras du bas du dos en le cachant vicieusement à l'aide de quelques centimètres carrés de tissu. »

Regardez la télé-réalité, les films porno... Ils saccagent ce jardin intime qui aide les jeunes à garder leur indépendance d'esprit. Aller dans le sens de tout le monde empêche d'être porteur d'avenir, pour un jeune notamment.

Apprendre à nos enfants la pudeur est essentiel. La prêcher aux ados est très important. À condition que nous, adultes, en soyons convaincus. Ce qui n'est pas évident.

Être ni ringard ni « coincé », mais afficher ce qui est noble et élevé reste, face à l'extrême dérive d'aujourd'hui, un devoir pour nous et nos enfants.

Le bruit, culture de mort

L'une des pires saloperies qui nous est faite aujourd'hui est le bruit infernal qui emplit nos vies. Et partout. Nous ne sommes pas forcément coupables de la pollution sonore. On ne choisit pas toujours son lieu d'habitat ni son type de travail.

Notre culpabilité se situe là où nous pouvons nous éloigner du bruit et où nous le refusons.

Une famille peut habiter dans la plus silencieuse et bucolique des maisons et vivre l'enfer du bruit. Les gadgets modernes sont là, s'incrustant partout pour déstabiliser jeunes, adultes et vieillards. Télés, chaînes hi-fi, walkmans peuvent rendre infernale l'atmosphère la plus silencieuse.

Le pire est qu'on s'habitue à ce poison !

Une de nos carences les plus graves n'est-elle pas de refuser toute introspection, tout retour sur soi ?

« Quel temps de silence prenons-nous chaque jour ? » est « la » question à nous poser. Et d'urgence. Inestimable moment qui doit être au hit-parade de nos rendez-vous quotidiens. Il suffit de le programmer ou de le prendre, toutes affaires cessantes. En s'acharnant à le retrouver si on le perd. Parce qu'on le perdra sans cesse.

Nous manquons tragiquement de cet espace inestimable pour être un vivant... Le bruit est une culture de mort. Il efface tout désir de se mettre en face de soi. Il biffe ce qu'on a de plus précieux en nous : notre espace de profondeur et de vérité.

Combien de couples ont perdu pied en négligeant, de jour en jour, d'assumer cette part de silence qui permet de s'interroger prioritairement sur soi, sur l'autre, sur ses enfants et son entourage !

Combien d'anciens vivent une vieillesse sclérosée, parce que emplie de futilités et du refus de se prendre la tête dans les mains pour réfléchir et donner du temps à Dieu !

Combien de jeunes sont paumés par manque de spiritualité, donc de silence ! Nos jeunes doivent apprendre le silence. Si nous, adultes, l'apprécions assez pour le leur enseigner...

Chouette, par exemple, de décider en famille de prendre, de temps à autre, un moment de silence absolu à la maison. Communion garantie. Une famille trouvera, dans la part de silence qu'elle se réserve, l'atout sauveur pour son équilibre et son unité. Dieu ne Se love que dans le silence.

Croyants et incroyants y trouveront l'espace vital pour accéder à la contemplation propre à chacun.

Le relais d'amour

Ma tendresse pour les vieilles « taupes » et les vieux « hérissons » (enfin, les anciens que j'aime) est bien connue. Elle est viscérale chez moi. Ce qui m'émerveille et me fait vaciller chez eux, c'est leur fragilité et leur force.

Certes, tout part en couilles, lentement, sûrement, inexorablement, l'âge avançant. Les muscles se dérobent, les dentiers s'entrechoquent, les os sont devenus tas de ferraille à force d'opérations, sans oublier l'arthrose qui rend tout geste douloureux...

La vue baisse. L'oreille se tend pour écouter. Quoique l'alibi de la surdité soit inestimable pour entendre tout ou presque, en faisant semblant...

Certains anciens ne manient que leur rétroviseur. Pénible spectacle de ceux et celles qui ne se meuvent plus que dans leur passé. D'autres heureusement vivent le temps présent, à fond la caisse. Radieuse vie qu'est la leur. Ils acceptent leur condition, ne la subissent pas... voire en rient.

Les êtres profondément spirituels vivent chaque journée comme cadeau de Dieu. D'autres vont plus loin en s'armant d'une longue-vue. Ils sont l'espoir du monde, en l'étreignant pour agir sur lui, certains de le rendre meilleur...

Ces derniers plantent des arbres pour que leurs petits-enfants profitent de leur ombre.

Quinze mille sont morts, au cours de ce dernier été 2003 ! Être entouré de ses enfants est la joie suprême quand on passe de la terre au ciel. Mais mourir seul est terrible. Que des centaines d'anciens soient retrouvés huit jours après avoir été asphyxiés par la canicule est le péché mortel de notre civilisation qui ne tolère que le beau, le performant, le jeune et le muscle ferme.

Plus navrantes encore sont ces dizaines de pierres tombales numérotées, faute d'avoir pu trouver la trace des proches du défunt.

Une certaine partie de ces vieillards, décédés en silence et seuls, ont été amenés d'office à l'hôpital ou à l'hospice, la veille des départs en vacances de leurs enfants, à la suite d'un expéditif conseil de famille : « Chéri(e), on va pas s'embarrasser de cette vieille peau pour les vacances ! »

Toi qui me lis, tu vieillis et vieilliras. Puisses-tu t'en souvenir pour aimer tes anciens.

Alors, tu connaîtras la joie d'une présence aimante et de gestes de tendresse jusqu'au bout de ta route. Tes enfants s'en souviendront et passeront, à leur tour, le relais d'amour.

Les vacances sont là

Préparées et mûries en famille, elles seront ou une fatigue supplémentaire ou un espace de paix revigorant. Et donc le lieu privilégié pour tisser des liens renforcés.

Le choix de l'endroit, calme, paisible, sera déterminant. Sinon, la jungle de la ville vous suivra. Et bonjour le retour épuisant avec, comme souvenirs, les kilomètres avalés et le bruit de la foule qui ne vous a pas quittés !

Le conjoint aimé le sera tellement plus quand le couple évitera d'ajouter, au milieu des bagages, les dossiers qui cassent la joie d'être à l'écoute de l'autre.

Et si le téléphone portable qui brise toute relation n'était écouté que le soir venu ? Signe encore du : « Je suis à toi. Rien qu'à toi. »

Les enfants seront chéris, éduqués à l'aune du temps que vous leur offrirez.

Leur joie qui est en priorité ludique sera partagée par vous. Faire des tas de sable avec vos gosses et admirer longuement l'oiseau tombé du nid n'est pas inintéressant... même pour un ingénieur.

Porter et chérir l'aïeul(e) que vous n'omettrez pas d'emmener sera, pour vous, la cerise sur le gâteau de vos vacances. L'écouter et, de temps en temps, cheminer à côté de ses pas hésitants vous permettra d'espérer, le jour où ses petits pas seront les vôtres, que vos enfants ne vous foutront pas aux urgences la veille de partir en vacances.

Ne manquez pas de faire monter dans la bagnole votre clébard adoré. Toutes les valises faites, il attend anxieusement de savoir s'il fait partie des bagages. Il vous dira, la queue battante et le museau collé à la vitre entrouverte de votre tas de ferraille, que la nature est la plus belle chose au monde pour se retrouver soi-même et renforcer les liens d'une famille qui s'aime.

Pour les croyants, évitez de mettre Dieu en vacances ! Loin des miasmes et du bruit de la ville où Dieu réside aussi, il est plus facile de Le rejoindre. Dans le calme de la nature qui aide la famille à resserrer ses liens, ne serait-il pas bon de donner un bout de notre temps à ce Dieu Créateur de la nature où la coccinelle comme l'éléphant ont leur place à part entière ?

Temps propice à la méditation, les vacances peuvent être le moment privilégié où la famille chante la gloire de Dieu.

Toi qui te dis athée, tu sauras, peut-être mieux que le croyant, te taire et admirer. Ce sera ta prière. Dieu se foutant de nos classifications saura te rendre à Sa façon le culte que tu voues à la nature par ton silence.

Le silence n'est-il pas la plus belle prière devant le mystère de la Création ?

NEUVIÈME PARTIE

Au bord du passage

Les enfants face à la mort

Sur la route, une remorque emplie de tubes d'aluminium se détache. Les tubes, telles des flèches, transpercent mon beau-frère et sa petite-fille, Marine. Ma sœur, Malou, indemne, assiste horrifiée à la tuerie.

Et pourtant, pour André et Marine, dix ans, c'était leur dernier acte d'amour. Ils allaient, toutes affaires cessantes, voir ma mère hospitalisée depuis quelques heures.

J'arrive au plus vite après cette tragédie. Ma famille m'attendait. Pétrifiée. Exsangue. Des gosses partout dans la maison. L'un d'eux m'apporte un dessin représentant sa petite sœur dans un nuage blanc et son grand-père dans un autre nuage coloré. Il commente son dessin.

Les autres gosses se précipitent pour jeter sur le papier leur incompréhension et leur manque avec leurs crayons de couleurs.

Marc, dix ans, lance l'idée de faire un avion de papier pour le projeter vers le ciel. Tous et toutes montent sur le toboggan du jardin pour, de cette piste d'envol, envoyer leurs messages.

Je pars de ces gestes enfantins pour décider, avec toute la famille, de mettre les enfants au cœur de la cérémonie religieuse.

Dans l'église comble, débordant à l'extérieur, la liturgie commence. Aux premiers rangs, toute la classe de Marine est là, avec des foulards blancs, signes de l'innocence.

Je ne manque pas de demander pardon pour les plus de six mille morts annuels sur les routes de France. La tuerie banalisée continue, inexorable, quoique en baisse. Signe de notre totale inconscience quand nous prenons le volant.

Les gosses, lentement, mettent l'un après l'autre une bougie sur les cercueils. Puis ils reviennent offrir un bouquet de fleurs pour chacun des disparus. De leurs mains malhabiles, ils encensent les corps avec leurs parents.

L'homélie est courte. André était chrétien et communiste. De nombreux militants athées emplissent la nef.

Combattant de la justice et de l'amour, André avait apporté à beaucoup de ses compagnons athées ce qui manque tant à de multiples luttes humaines : l'amour des autres puisé dans le Cœur de Dieu.

Il ne le disait pas. Il en vivait.

Il était drôle, toujours prêt à la fête, anticonformiste. Je me devais de le faire sourire dans l'éternité par un geste inédit, lors de l'enterrement. J'appelai l'assistance à applaudir la droiture exceptionnelle d'André et l'innocence de Marine, ainsi que les nombreux enfants participant activement à la cérémonie.

Une formidable ovation soulève alors l'assistance, enveloppant les cinq cents personnes lovées à l'extérieur, contre le temple bourré à craquer.

À Malou, maintenant, de porter l'urne où reposent les cendres de son mari dans une crique méditerranéenne qu'André affectionnait particulièrement.

Une liturgie, quoique issue d'une tragédie sans nom, se doit de mettre nos enfants face à la mort. Et aux premiers rangs.

Tenir la main

Ma mère, Marie-Magdeleine, agonisait à l'hôpital. L'infirmier avait demandé à mes frères et sœurs de ne rester que deux minutes chacun.

Je refuse ce compte à rebours et décide de rester, sans rien dire, mais de rester en lui tenant la main jusqu'au bout.

Dès mon arrivée, avec ma sœur Margot et mon frère Pierre, je dépasse les deux minutes jusqu'à une demi-heure de présence. Le temps que ma mère puisse enfin me dire ce qu'elle désirait tant : revenir dans sa maison. Je lui réponds que, ce soir, elle y sera. Je la bénis. Et elle rend le dernier soupir.

Deux heures après, son vœu est exaucé.

Ses mésanges sont là, au rendez-vous, picorant les graines qu'elle leur avait amoureusement fait mettre dans leur mangeoire.

Le vœu de Marie-Magdeleine était, à sa mort, qu'on ne fasse pas une homélie sur ce qu'elle avait été de son vivant.

La messe d'enterrement a donc laissé place à la libre parole de ceux et celles qui voulaient s'exprimer. De

Marc, son petit-fils de huit ans, ânonnant joliment les quelques mots qu'il avait écrits, à Géraldine qui la portait dans ses dernières années de souffrance et d'immobilité, chacun et chacune a pu dire ce qu'elle leur avait permis de vivre dans son doux rayonnement de priante et de présence.

Le faire-part de sa mort disait sans fioritures « notre tristesse et notre joie » de la savoir enfin baignée dans l'Amour éternel.

Les deux veillées, la veille de son enterrement et le soir même, en ont témoigné. Notre tristesse et notre joie mêlées ont signifié, au-delà des mots, ce que la grandeur d'un être peut avoir de signifiant dans l'amour qu'il a témoigné sur terre.

Georges, l'évêque de La Rochelle, l'a parfaitement exprimé en se rendant immédiatement auprès de notre famille pour réciter le Magnificat.

Au « mémento des morts » de la messe, j'ai offert à ma sœur Malou le chapelet que m'avait donné le pape et que ma mère avait, tous les jours, récité. Ma sœur avait dernièrement, dans un terrible accident, perdu son mari et sa petite-fille. Relais de prière assuré.

Un fait peut suggérer tout d'un être. Permettez-moi celui-là :

Un de mes frères, très jeune, fait une grosse bêtise. Ma mère le punit. Mon frangin, ne sachant pas qu'elle pouvait entendre l'insulte qu'il lui décoche derrière une porte, voit ma mère, qui a tout entendu, ouvrir la porte et dire au petit homme éclatant en sanglots : « Je t'enlève la sanction que je t'ai donnée. Ce sont tes larmes qui seront ta punition. »

« Une mère, c'est si beau que même Dieu en a voulu une. »

Oui, « la plus belle invention de Dieu, c'est sa mère », comme le disait Charles Péguy.

Les fleurs, les morts n'en ont rien à foutre !

Les fleurs... c'est pour notre œil à nous qu'on les offre à nos morts. Mais nous, nous sommes les vivants qui pouvons prier pour eux et intercéder. Ce sont les plus belles fleurs qu'on puisse leur offrir. Notamment à chaque Eucharistie.

Les vertus... des morts, ça s'arrose, ça se cultive par le souvenir embaumé qu'ils nous ont laissé. Ça ne se flétrit jamais. La douceur, la miséricorde, la bonté de ma mère sont pour moi une magnifique gerbe florale.

Fleurs éternelles par leur beauté dévoilée sur terre.

Bien sûr, comme tous les ans, je vais trouver quelques chrysanthèmes éclatants de blancheur sur la tombe de mon neveu mort tragiquement dans les gorges du Verdon en 1977. Déposés par des mains anonymes de vieilles mémés. Ces dernières conservent dans leur cœur la lumineuse adolescence de Christian, son sourire discret et charmeur, son sens aigu du geste qui le portait sans cesse à rendre service, notamment aux anciens.

Puissiez-vous ne pas enlaidir ce temps de méditation sur la mort par de plus ou moins ridicules masques ou citrouilles que vos gosses vont vouloir acheter. *Halloween*, qui veut dire « veillée des saints », s'est trompé de méditation en voulant enlaidir la mort.

C'est notre deuxième berceau.

Forcément, nous y allons. Certains y courent. D'autres ont encore du temps. Alors, bouffons ce temps qui nous reste. Soyons des combattants de l'Amour et de la Justice, ne perdons pas une minute.

Et si vous pensez, après m'avoir lu, que les fleuristes vont faire faillite, achetez quelques fleurs blanches...

Elles appellent à la résurrection.

Euthanasie, le compromis impossible

Peut-on décider de sa mort ? Après la mort de Vincent Humbert, cette question fut discutée passionnément. Il est bon d'en reparler, comme il est bon de prendre du recul par rapport à l'événement.

Que ceux et celles qui me lisent ne s'inquiètent pas : nous mourrons tous un jour, ce n'est pas un scoop. Ne tremblez pas dans votre culotte, on peut mourir à n'importe quel âge. Et il est essentiel de s'y préparer.

Notre contexte culturel donne lieu à des contradictions effarantes. Nous avons vu comme l'opinion fut scandalisée à cause de la canicule de cet été. Quinze mille anciens sont morts. Je le répète. Évidemment, c'était l'horreur. Quant à Vincent Humbert, sa mère ainsi que le docteur lui donnant la mort, tout le monde ou presque approuve. Bien sûr, le contexte est différent.

Nous entrons dans une culture de mort.

Nous avons un comité national d'éthique. Il dit que chaque personne doit se réapproprier sa mort, et invoque le respect des patients jusqu'à ses ultimes instants. De cela, le comité consultatif d'éthique parle magnifiquement.

Le même comité expose également deux positions répandues en France. La première est le respect jusqu'au bout de la vie humaine et en même temps le droit à l'euthanasie sur demande personnelle. Il y a une opposition irréductible et un décalage important entre le droit et certaines pratiques. Et il propose ce qui lui apparaît comme une voie de conciliation : ne pas dépénaliser mais inscrire dans la loi, au nom de la solidarité humaine et de la compassion, une exception d'euthanasie pour les cas supposés rares et exceptionnels.

Je précise que Mme Veil avait fait la même chose pour l'avortement quand les bourgeoises allaient se faire avorter en Angleterre, alors que c'était interdit en France, et que leurs bonnes à tout faire essayaient de faire passer le gosse dans les w-c avec une baleine de parapluie. Émue par leur détresse, Mme Veil initia une loi qui permit l'avortement dans les cas exceptionnels.

Bilan en 2003 : deux cent vingt mille avortements !

« Si la loi était votée, cela modifierait nos règles juridiques, et représenterait une acceptation sociale de l'euthanasie », dit Mgr Billet. « Nous avons, nous croyants, une ferme conviction dans l'Église catholique et romaine, mille fois réaffirmée : "Tu ne tueras pas." C'est un commandement de Dieu. C'est aussi le fondement de toute vie sociale respectueuse d'autrui, surtout des plus faibles et de ceux qui en viennent à douter de la valeur de la vie. Une loi admettant l'euthanasie, juridiquement reconnue, conduirait rapidement à l'oubli d'un principe jugé cependant fondateur, celui du Comité consultatif national d'éthique qui dit : “Le respect des patients jusqu'à leurs ultimes instants.” »

« La véritable compassion, continue Mgr Billet, s'efforce d'atténuer cette épreuve [de la mort] en s'ingéniant à trouver des moyens appropriés pour que jusqu'au bout la grandeur et la dignité de la personne reste. » Donc c'est la reconnaissance et non la mise à mort délibérée d'une personne, fût-ce sur sa propre demande, qui doit être vécue.

L'Église ne peut pas l'admettre. « Tu ne tueras pas. » C'est tout. C'est clair et net.

Qui est le maître de la vie ?

Relisons le livre de Vincent Humbert. Nous apprenons que ce jeune pompier fut comme haché en morceaux dans un accident. Il avait vingt-deux ans. Il est resté tétraplégique, aveugle et muet. Il a supplié sa mère de l'aider à mourir.

Sa mère a commencé à vouloir débrancher son gosse et ensuite le Dr Chaussois a fait ce qu'il fallait pour qu'il meure. Ce médecin a eu le courage de le dire publiquement. Il a dit que c'était lui qui avait donné la mort alors que le parquet a requis sa mise en examen et que sa peine peut être la réclusion criminelle à perpétuité.

Qui est le maître de la vie ?

Il y a des cas tout à fait exceptionnels. Des personnes peuvent vouloir se donner la mort alors qu'elles sont en pleine vie. Lui, Vincent, pouvait à peine bouger un doigt.

Il faut savoir que Vincent Humbert depuis sa jeunesse était imprégné de cette idéologie ambiante selon laquelle on peut décider de l'heure de sa mort. C'est un fait important. Évidemment, si on lui avait dit au départ qu'un chrétien, un croyant, ne peut le décider, sa psychologie eût été autre.

Vincent a été victime d'un acharnement thérapeutique, d'une obstination déraisonnable dans la réanimation qui a suivi l'accident. Cette histoire soulève la question des réanimations excessives. La mère de Vincent avait demandé qu'on le laisse mourir de sa mort naturelle, dans l'état où il était. On ne l'a pas écoutée. Sa parole était pourtant légitime. Voici ce que dit Jean-Paul II : « Le renoncement à des moyens extraordinaires ou disproportionnés n'est pas équivalent au suicide ou à l'euthanasie, il traduit plutôt l'acceptation de la condition humaine. »

Il semblerait que Vincent n'ait pas reçu non plus à un certain moment des calmants qui auraient été très importants pour adoucir sa souffrance.

Il raconte dans son livre que cette volonté de mettre fin à ses jours lui est venue progressivement. Il l'a décidé pleinement le jour où le médecin lui a annoncé qu'il allait partir pour un centre où il n'aurait ni kinésithérapeute ni ergothérapeute. Alors il s'est senti abandonné, il s'est dit qu'il ne tiendrait pas le coup sans sa mère. Il a pris donc la décision ferme, irrévocable de demander la mort.

Comment définir l'attitude de la mère de Vincent ? Extraordinaire tout au long de la maladie de son fils. Elle dit dans le livre qu'elle a comme « remis au monde son enfant » en lui donnant la possibilité de communiquer avec les autres. Et puis il y a eu le chantage affectif de Vincent qui a été terrible. Il a fait comprendre à sa mère, hurlant sa souffrance : « Si tu ne me tues pas, c'est que tu ne m'aimes pas ! » Et donc la mère l'a fait. Ce qui lui donne de nombreuses circonstances atténuantes.

Que penser de l'hypermédiatisation de cet événement ? Béatrix Payot, médecin spécialisé en soins palliatifs, y répond : « L'opinion publique était préparée par les médias depuis des années à une loi sur l'euthanasie. » Et on a l'impression que peu de chose suffirait pour qu'une telle loi soit votée, notamment suite à des histoires similaires, extrêmement touchantes. L'émotion est considérable.

On se souvient que Vincent avait écrit à Jacques Chirac pour lui demander la mort. Le Président avait répondu à sa mère combien il se sentait près de Vincent, mais sans s'engager évidemment en faveur de l'euthanasie. Il peut y avoir une véritable manipulation des consciences par certains groupes favorables à l'euthanasie pendant ces moments émotionnels forts, et c'est dangereux. Surtout que la pratique médicale montre que les demandes d'euthanasie faites par les malades sont rares.

Il est important de dire que la position de l'Église est inchangée. C'est Pie XII qui a défini cette règle éthique : on doit soulager absolument ceux qui souffrent atrocement, même si en les soulageant on provoque le décès. Que la volonté du médecin ne soit pas de provoquer la mort, mais de soulager la souffrance.

On pose au Dr Payot la question : « Qu'auriez-vous répondu à la demande d'euthanasie ? » La doctoresse répond qu'accepter revient à dire au malade que sa vie n'a plus de sens.

Une doctoresse disait un jour : « J'ai vu souvent des vieillards arriver affolés aux urgences persuadés qu'on allait les euthanasier. Chaque fois il m'a fallu beaucoup de temps pour les rassurer. »

Effectivement, Vincent désirait mourir parce qu'il était mal soulagé physiquement et qu'il était dans une phase dépressive. Il pensait que sa vie était réduite à néant, à rien du tout. C'est en ce sens qu'il était particulièrement fragile. Il n'a pas été aidé à ce moment-là comme il aurait dû l'être. Il était seul avec sa mère et l'équipe médicale.

L'interdit de meurtre est fondateur de la vie en société. Alors faut-il légiférer cette question ? M. Raffarin disait récemment : « La vie n'appartient pas aux politiques. » Ce qui signifie que sans doute il ne fera pas une loi sur l'euthanasie. Du moins, je l'espère. Redisons que légaliser une pratique de transgression est obscurcir la conscience morale collective.

Une loi d'exception prévue dans une situation de grande détresse engagerait gravement le droit inviolable de la personne. Comme pour l'avortement.

J'aime bien quand Jean-Paul II dit dans *L'Évangile de la vie* : « Respecte, défends, aime et sers la vie, toute vie humaine. C'est seulement sur cette voie-là que tu trouveras la justice, le développement, la liberté véritable, la paix et le bonheur. »

Il est établi que plusieurs personnes qui voulaient se suicider ne l'ont pas fait tout simplement parce que des relations humaines fortes étaient là, tissées autour d'elles.

Protéger les plus vulnérables. Ce serait désolant qu'une loi sur l'euthanasie soit votée, oui, ce serait désolant. Elle se ferait à la demande de gens forts au détriment de personnes beaucoup plus vulnérables. Or notre société doit d'abord défendre les plus faibles.

Trois situations sont à envisager.

La première : donner un traitement au patient pour le soulager de la douleur, même si les médicaments risquent d'abréger sa vie. On ne cherche pas à le faire mourir, on accepte le risque de le soulager. Même si cela entraîne sa mort.

Deuxième situation : l'arrêt ou la limitation de traitements devenus inutiles.

Troisième situation : le malade refuse délibérément, consciemment le traitement.

Il y a deux sortes d'euthanasie. Pratiquer l'euthanasie dite active, c'est choisir de provoquer la mort de quelqu'un pour l'arracher à une situation qu'il juge insupportable. Plus nombreuses sont les demandes de l'entourage ou des soignants que l'on regroupe dans la seconde catégorie d'euthanasie qui est dite passive.

Aux Pays-Bas, la légalisation de l'euthanasie n'a absolument pas diminué le nombre d'euthanasies clandestines. Là-bas, la loi permet même à un enfant de treize ans de demander l'euthanasie !

On ne peut pas supprimer toute souffrance. La mort apparaît comme un échec.

Une religieuse disait : « Quand je demande aux malades extrêmement faibles comment ils font pour vivre, ils me répondent : "Grâce aux relations humaines." »

La jeune infirmière Christine Malèvre condamnée pour avoir achevé des malades était seule avec eux, dans un hôpital où l'équipe était débordée. C'est ce qui lui a permis d'envoyer à la mort sept personnes. Mais elle était seule. Et n'oublions pas que l'équipe disait chaque fois qu'ils la voyaient, et devant elle : « Hé ! Elle arrive, il y a un décès ce soir ! » Ils se foutaient d'elle au lieu de s'en soucier. Christine Malèvre n'aurait jamais fait ça si elle n'avait pas été seule avec ces grands malades.

N'oubliez pas qu'on peut donner et se donner la mort autrement que par l'euthanasie. Quarante mille fumeurs décèdent chaque année. Soixante mille alcooliques meurent d'avoir trop bu. La route ouvre la porte de l'Éternité à six mille personnes par an...

Le respect de la vie, de toute vie, nous engage terriblement pour nous et pour les autres.

Jamais on n'a été aussi sourcilleux pour sauver une vie. Jamais on n'a autant massacré la vie.

Cette fameuse « culture de la mort » que dénonce Jean-Paul II doit permettre à tous les combattants pour la vie de se lever. Il y va de la survie de l'humanité.

DIXIÈME PARTIE

Ma relève joyeuse

Trente-neuf ans de combat

Faire un bilan de mes trente-neuf ans d'éducateur spécialisé au service des jeunes marginalisés, quelle connerie ! Les vieux font des bilans. Celui ou celle qui contemple le chemin parcouru en vivant le présent, tout en regardant en avant, n'a pas de bilan à faire.

Cependant, jeter un œil sur son rétroviseur n'est pas inutile. Cela permet de faire halte et de se dire : « Et si je passais la main ? Je suis en pleine forme. Soit. Mais la décrépitude peut arriver comme un naufrage. Et très vite. Dans deux ans, j'aurai soixante-dix ans. C'est l'âge de tous les dangers. C'est aussi l'âge canonique où l'on s'accroche si on n'a pas un juste discernement des choses. Et qui plus est, quand on est célibataire ! »

Invité à animer plusieurs conférences dans le centre de la France, je reçois une lettre d'un laïc me faisant part de son inquiétude vis-à-vis d'un prêtre, fondateur d'une association au service des jeunes marginaux. Soucieux pour l'avenir de cette association où il avait longuement milité, il me supplie de rendre visite au vieux prêtre.

Malgré un programme surchargé, je réponds à son invitation d'aller voir ce lieu associatif.

Je suis reçu chaleureusement par un prêtre de soixante-quinze ans, assisté de sa gouvernante. Ils habitent dans une maison au cœur de ce lieu de vie : un six-pièces confortable.

Le prêtre m'invite à prospecter l'endroit. Je passe de l'immense écurie, superbe mais vide, à la bergerie magnifique mais déserte également. Je prends tout mon temps pour admirer un domaine immobilier superbe. Mais pas âme qui vive à l'intérieur.

On revient à la résidence du prêtre pour discuter. Il voulait tout donner à des associations. Nombreux sont les éducateurs venus à la recherche d'une structure tout de suite opérationnelle. Mais l'os était aussi remarquable que le site somptueux et vide. Le fondateur voulait rester là, et gérer tout... tout en laissant les lieux à disposition de ceux qui seraient tentés par l'aventure d'une implantation de jeunes.

Bien entendu, chaque représentant était séduit, admirait et... fuyait devant un vieux dinosaure incapable de lâcher la moindre parcelle de son pouvoir.

Inspirer, aider à fonder est une chose. Passer la main avant que l'œuvre ne s'affadisse ou ne se détériore est une autre chose.

J'y pense depuis plus de dix ans. L'heure arrive maintenant de le faire. Il est juste temps. Et c'est avec une réelle joie que j'écris ces mots.

Ma prière d'il y a cinquante ans

Séminariste et âgé de seize ans, il y a donc cinquante-deux ans, je faisais des camps, l'été, à la Cité des jeunes, en Haute-Savoie.

Très vite, passionné par ces activités estivales, je m'engouffrai au service de jeunes pour la plupart nantis. Sans m'en rendre bien compte, j'allai d'instinct vers les enfants taciturnes ou violents. Enfin ceux qui exaspéraient les jeunes moniteurs qui préféraient les gentils, les doux et les sans problème.

Plus tard, je courais avec ma soutane, le jour (et parfois la nuit pour les jeux de nuit) dans les forêts savoyardes superbes. J'ai gardé le parfum envoûtant des sous-bois aux senteurs de sapins et de toutes les essences florales d'altitude.

Je me lovais sur un rocher avec la bande de jeunes que j'entraînais. On admirait, en silence, le mont Blanc et le spectacle inouï que nous offrait cette chaîne alpine unique en Europe.

Ma vocation d'éducateur est née là. Un couple chrétien directeur de la Cité des jeunes, Andrée et Abel, passionné d'éducation, a fait naître, à travers sa rigueur, son audace et son amour des jeunes, ce qui germait en moi sans que je le sache encore.

Oui, ma vocation d'éducateur a jailli dans ce lieu alpestre. C'est toujours chouette d'évoquer ses racines et de rendre hommage à ceux qui nous ont fait découvrir ce pour quoi on est fait.

Je me souviens d'un après-midi de solitude où j'avais su m'arracher à mes activités dévorantes. J'admirais, du haut d'un précipice, une nature qui ne pouvait que me faire rendre grâces. Et ma prière était celle-ci : « Seigneur, que ma vie soit au service des jeunes. »

Je savais déjà que c'était à leur contact que je fleurirais le mieux. Contact incarné dans la plus haute et la plus noble des missions qu'était le sacerdoce auquel j'étais appelé depuis l'âge de treize ans.

Aujourd'hui, je ne peux que rendre grâces. C'est dans le peuple des jeunes loubards que je sers le mieux. Je ne serai jamais assez reconnaissant vis-à-vis de l'Église pour m'avoir appelé à tout donner au service des adolescents. Et les plus durs qui soient.

« Un pied dans la rue et un pied dans l'Église » a été la seule consigne de Mgr Duval, l'évêque algérien qui suivait pas à pas mes pieds de jeune prêtre cherchant sa voie.

L'enchantement de tant d'années au service des loubards et de l'Église, je le dois à cette phrase lumineuse que j'ai prise au pied de la lettre et vécue à fond la caisse.

Au service des jeunes les plus durs

Ce service-là est venu à travers un signe : Alain, jeune de treize ans, trouvé une nuit dans les rues de Blida, en Algérie, en 1965. Martyrisé, il fuyait le nid familial. Je l'accueille dans le presbytère où je résidais. Je l'ai gardé sept ans.

Il a aussitôt rameuté les paumés des rues, ses copains. Peu à peu, la présence de ces exclus de partout a rempli le presbytère... et ma vie.

En 1970, les circonstances difficiles que je vivais en Algérie ont poussé mon évêque algérien, le cardinal Duval, à me confier au cardinal Marty pour une mission au service des jeunes de la rue à Paris. Je rejoignais une équipe de rues de quatre prêtres.

J'enfourchai une puissante moto, outil indispensable pour établir le contact, nuit et jour, avec les voyous de l'époque. Je troquai mon habit de clergyman contre un blouson noir. Ce look dépassé aujourd'hui reste un signe. Il est ma force et mon combat.

Passer d'un presbytère fleurant bon la fleur d'oranger aux rues parisiennes était une gageure. Étonnamment, je passai joyeusement d'un environnement bucolique à l'enfer pollué d'une des plus grandes métropoles du monde.

Je découvrais d'un seul coup les rapports extrêmes de violence et ma place au cœur d'une civilisation urbaine sans pitié. J'ai dû me battre à mon corps défendant, affronter les coups, les insultes. Apprendre une langue, celle de la rue. Mêlé jour et nuit à des jeunes bardés de cuir, j'ai épousé ce signe apparemment violent. Sans cinéma. Sans vouloir faire peur aux bourgeois. « Tu verras bien, avec ce blouson que je te donne, m'a dit un soir un loubard, que maintenant tu ne seras plus avec ton clergyman un diamant au milieu de la merde, mais l'un de nous. »

Ma lutte sans merci au service de ceux et celles qu'on griffe du terrible mot d'« irrécupérable » continue. Elle est riche d'un passé mouvementé, baigné dans une grande violence. Cette dernière a évolué dans l'intensité. Le XXIe siècle a donné à nos enfants la possibilité d'aller plus loin dans la violence en descendant dans l'échelle de l'âge. À ce rythme-là, dans vingt ans, nos jeunes braqueront les banques à l'âge de cinq ans !

La puissance que m'ont donnée ces voyous de l'époque, et que me donnent toujours les « sauvageons » d'aujourd'hui, est phénoménale. Je reste écœuré par leurs multiples incivilités, révolté par leurs actes parfois sanguinaires et, surtout, leurs viols sordides qui tuent des cœurs innocents. Mais mon cœur fond devant leur détresse, leur pauvreté, leur misère affective.

Le Christ m'a appris, de façon exemplaire et totale, que « l'humain est toujours plus grand que ses fautes ».

Le chrétien qui le croit fera forcément choc et sera scandale.

Parce qu'il ira irrésistiblement vers la brebis perdue. Et il saura que « l'Amour invente à l'infini », comme le disait superbement saint Vincent de Paul.

Il saura aussi que la miséricorde est la seule issue face au pire des crimes. Parce que la haine a ceci de terrifiant : elle enlace celui qui refuse le pardon et le tue à petit feu.

Aucune technique éducative, aussi élaborée soit-elle, ne résistera à l'amour donné gratuitement, à la solidarité jusqu'au-boutiste, à la fidélité à travers les épreuves qui pavent l'existence d'êtres considérés comme perdus.

Oui, « seul l'Amour est crédible » (Jean-Paul II).

Pas fondateur mais inspirateur

Seuls les petits, les marginaux fondent une œuvre. L'inspirateur s'inspire de signes que le peuple des exclus, dans lequel il se perd longuement d'abord, lui dicte. Je n'ai été qu'un instrument au service des loubards. Rien d'autre. Perdu des années au milieu de hordes de voyous, je vivais l'instant présent.

Face à mes dons, l'Église avait accepté ce type de présence sacerdotale particulièrement périlleux. J'étais englouti dans la masse loubarde.

Mais je gardais avec constance, envers et contre tout, « un pied dans l'Église » de Mgr Duval et « un pied dans la rue », qu'il ne manquait jamais d'ajouter.

Trois prêtres éminents, avec lesquels je travaillais dans la rue, ont quitté leur sacerdoce. Je m'accrochais désespérément à mon bréviaire, à l'Eucharistie et à mes quarante-huit heures de retraite, de silence et de prière tous les dix jours. Sinon, je sombrais. Et je manquais alors l'essentiel de ce qui me motive toujours.

La fondation de la Bergerie de Faucon, en Haute-Provence, est née alors, il y a trente ans, dans la tourmente de la rue. Ramasser, la nuit, des mômes perdus sur les trottoirs de Paris était mon job.

Les jeunes, heureux de trouver un havre de paix par rapport à l'enfer qu'ils vivaient chez eux, trouvaient cela excellent. Mais de courte durée. Je passais un temps fou à les récupérer ensuite dans tous les commissariats de police de Paris ou à aller les voir en prison.

J'assumais. Jusqu'au jour où une bande discutait avec moi sur mon trottoir. L'un d'eux, d'un seul coup, me jeta : « C'est bien ce que tu fais, Guy, mais à quoi ça sert ? C'est chouette ton accueil dans la permanence. Mais on vend de la drogue à dix mètres de chez toi. Après deux ou trois jours, on retrouve la bande, les cambriolages et tout le reste. Achète une ruine loin de Paris. On la rebâtira avec nos mains et de vraies pierres. »

« Faucon » débutait. Le reste fait partie du folklore loubard. Je partis quinze jours après pour chercher une ruine dans le sud de la France. Sans un sou vaillant en poche, bien entendu. Accompagné d'une horde qui effrayait l'agent immobilier. Il ignorait, heureusement, que mon gousset était vide.

Après nous avoir fait visiter une dizaine de masures à vendre, il eut la pertinence de me trouver la dernière qui, selon lui, « était la seule convenant à mes jeunes ». Il était plus que temps. Ils étaient épuisés. Et donc insupportables...

À la nuit tombée, on arrive à un mas provençal délabré mais encore habitable. Je bloque l'affaire. L'association laïque où je travaillais l'achète.

Faucon, « c'est magique »

Deux ans après (en 1974), je trouve la ruine rêvée, à quatre kilomètres de la première maison. C'était « Faucon ».

Quand je vois aujourd'hui nos jeunes sauvageons s'épanouir là avec autant de force qu'il y a trente ans, je me dis que les jeunes fondateurs de Faucon ont eu un coup de génie.

Effacé, le temps où deux lapins, trois poules et un cochon peuplaient notre environnement. Vingt-neuf espèces d'animaux cohabitent aujourd'hui autour de la Bergerie.

Je voyais, ces jours derniers, « Choupette », laie de six ans, dernière arrivante dans notre Bergerie. Adoptée à trois semaines par les fermiers qui devaient l'abattre, elle était entourée de la sollicitude de nos jeunes. Perdue dans la forêt et élevée au biberon, nourrie par les gens qui l'avaient trouvée, elle ne connaissait pas ses frères et sœurs sangliers. C'était à qui, de mes jeunes, lui offrirait chocolat, gâteaux et autres sucreries. Déstabilisée, Choupette faisait en effet la grève de la faim. Elle dévore maintenant tout ce qu'on lui donne. Elle a accepté les saillies de Fernand, mâle superbe et belge de surcroît. On attend ses petits incessamment.

Des paons aux kangourous, des chameaux aux autruches, des buffles aux mouflons, nos jeunes, sans le savoir, se sauvent grâce aux animaux. Faut-il qu'ils soient détruits par l'humain pour trouver en l'animal le souffle de vie qui leur manque ! Marco me l'a signifié de belle façon, un jour : « La bête ne reprend jamais ce qu'elle a donné. L'humain, si ! »

Cette petite structure, que je n'ai jamais voulu développer, a sauvé combien de vies ? L'existence heureuse de beaucoup d'anciens me le révèle. Et combien d'associations sont nées de cette expérience, humble, petite ! Nous ne sommes pas une référence ni un modèle. Mais une façon de vivre et de croire à l'espérance.

Et parfois, quand j'ai baissé les bras, un pauvre de tout a su me mettre le feu au cul. Deux ans après l'achat de la ruine, ayant sollicité maints amis, je pensais stopper les travaux et mettre un toit sur le premier étage existant. Un jeune à qui je confessais mon désarroi m'a décoché : « Tu dis, Guy, que ton Dieu aime les pauvres, alors Il t'aidera à finir la Bergerie. »

Dans les mois suivants, Faucon renaissait avec ses trois étages. Grâce à mes droits d'auteur.

Ce sont eux, les loubards, les vrais et seuls fondateurs.

Yusuf, un ancien, m'a dit le premier : « Cet endroit est magique. » Tant d'autres après lui ont repris ce terme. On ne peut résister à la magie de l'amour et de la beauté.

« La beauté sauvera le monde », affirmait Dostoïevski. « L'amour est comme un torrent. Il emporte tout », disait saint Paul.

Mes jeunes en sont la vivante illustration.

Continuer autrement

Je resterai à la tête de l'association tant que je serai buvable. Je partagerai avec mon successeur toutes les tâches pour qu'il soit, peu à peu, celui qui continuera la route.

Il sera surtout la conscience morale d'un lieu où j'ai voulu qu'on vive les plus beaux idéaux inscrits sur le fronton de toutes nos mairies : « Liberté, Égalité, Fraternité ». Avec le « plus » inestimable de la présence du Dieu-Amour qui nous habite.

Durant trente ans, le soutien au lance-pierre de l'État, l'aide surtout des multiples donateurs et mes droits d'auteur versés à l'association nous ont permis de vivre.

L'« esprit de Faucon » est le capital inestimable pour que cette œuvre continue. C'est la seule vraie relève possible. Et en aucun cas la multiplication de nombreux « Faucon », donc de biens matériels et d'innombrables soucis administratifs où l'esprit se perdrait immanquablement.

Les centaines d'adjoints qui m'ont soulevé, porté, pour que Faucon vive, m'ont toujours dit, qu'ils soient chrétiens, musulmans, bouddhistes ou athées : « Seul un prêtre devra prendre ta succession. »

L'avenir nous le dira. Pour moi, j'ai toujours pensé et cru que la Providence me devance d'un quart d'heure. Si ce lieu doit rester intact dans sa dynamique humaine et spirituelle au sens universel, Dieu veillera au grain.

Avec ceux « à bout de souffle »

Combien d'anciens vivent heureux. Enfin ! C'est une grande joie pour moi. Mais une petite partie reste accrochée à mes basques. Ils ont rompu tout contact avec notre société. Perdus, ils se réfèrent uniquement à moi. Certains vont mourir. Je les accompagne. D'autres sont égarés dans la jungle d'une société où ils sont refoulés inexorablement par leur comportement violent et marginal à l'extrême. Je reste avec eux jusqu'au bout. Tel est mon nouveau combat.

Les multiples conférences que j'assume et qui m'appellent à témoigner dévorent une bonne part de mon temps.

Veiller sur Faucon en lâchant les rênes peu à peu pour les transmettre à celui qui suivra, avec son propre charisme, les traces de l'aventurier de l'Amour que j'ai voulu être, est ma noble tâche.

Aller jusqu'au bout de mes forces pour le combat de la présence, de l'affrontement et de l'engagement est le sens que je donne, depuis trente-neuf ans, à ma double mission de prêtre et d'éducateur. Avec Dieu, ma Force et ma Raison de vivre.

Regarder en avant et continuer la lutte autrement est aussi le sens que je donne à la relève. En pleine force, passer le relais est ce que je souhaite depuis longtemps. Le clone « Guy Gilbert » n'existe pas. À chacun son charisme.

Mais le temps de la Terre est celui de l'Amour. J'aurai tout le temps, durant l'éternité, de vivre ce que je cherche désespérément et passionnément mais à tâtons : rencontrer l'Amour infini.

Il nous est simplement donné sur terre de Le faire entrevoir.

Merci à Colette et à Jean-Yves de m'avoir épaulé pour fignoler ce livre.

Merci à Sylvain Bellemare, ami québécois, de m'avoir poussé au dernier moment à mettre un point final à *Kamikaze de l'Espérance*.

Merci au journal *La Croix* de m'avoir autorisé à reproduire dans cet ouvrage les articles parus dans ses colonnes.

Table

PREMIÈRE PARTIE

CITOYENS, EN MARCHE !

DEUXIÈME PARTIE

PAIX À LA GUERRE

TROISIÈME PARTIE

CORPS À CORPS

QUATRIÈME PARTIE

APPRIVOISER

CINQUIÈME PARTIE

LE VENT DE L'ESPRIT

SIXIÈME PARTIE

À TOI

SEPTIÈME PARTIE

AUX FOUS !

HUITIÈME PARTIE

CHUT !

NEUVIÈME PARTIE

AU BORD DU PASSAGE

DIXIÈME PARTIE

MA RELÈVE JOYEUSE

Du même auteur
aux Éditions Stock :

UN PRÊTRE CHEZ LES LOUBARDS

LA RUE EST MON ÉGLISE

DES JEUNES Y ENTRENT, DES FAUVES EN SORTENT

L'ESPÉRANCE AUX MAINS NUES

AVEC MON AUBE ET MES SANTIAGS

LES PETITS PAS DE L'AMOUR

AVENTURIER DE L'AMOUR

JUSQU'AU BOUT !

DIEU MON PREMIER AMOUR

DEALER D'AMOUR

DES LOUPS DANS LA BERGERIE

PASSEURS DE L'IMPOSSIBLE

MA RELIGION, C'EST L'AMOUR

Composition réalisée par NORD COMPO

Imprimé en France sur Presse Offset par

BRODARD & TAUPIN

GROUPE CPI

La Flèche (Sarthe).
N° d'imprimeur : 32523 – Dépôt légal Éditeur : 64382-12/2005
Édition 01
LIBRAIRIE GÉNÉRALE FRANÇAISE – 31, rue de Fleurus – 75278 Paris cedex 06.
ISBN : 2 - 253 - 11185 - 6

31/0094/8